靈鳥的守護

少女愛莎的魔幻之旅

Asha And The Spirit Bird

賈絲賓德・比蘭 Jasbinder Bilan ◎著
鄭榮珍◎譯

此書獻給我的家人，
特別是我最最神奇的祖母——
琴特·考爾·比蘭，
在我的童年生活中，
她一直與我攜手相伴，
直到現在我們依然親密無比。

序

來自出版人的真誠推薦

面對殘酷的命運，沒有人會冀盼由孩子挺身出來對抗——但在這場令人難忘的印度冒險中，恰恰就是我們故事中的少年英雄有所做為。

愛莎和傑凡必須經歷一段驚險重重的旅程，他們所能憑藉的，只有兩人之間不屈不撓的友誼所支撐起的無比勇氣，以及由愛莎的祖先所幻化而成的動物靈魂所提供的神祕幫助。

這個絕對激勵人心、猶如史詩般壯麗的故事，是由初次亮相的作家——賈絲賓德·比蘭所撰寫，她是二〇一七年由英國

泰唔士報與雞屋出版社所共同舉辦的兒童小說大賽——Times／Chicken House children’s fiction competition的得獎人。

抓緊喔，準備好一起冒險囉……

雞屋出版社掌門人

巴瑞．坎寧安

（譯注：巴瑞．坎寧安是英國版《哈利．波特》的編輯，二〇一〇年榮獲英國女皇頒發大英帝國官佐勳章，獲獎理由是：因為巴瑞選的書實在太好看了，他帶領了英國的孩子重返閱讀世界。）

推薦序

點亮光明與善良的燈

《靈鳥的守護：少女愛莎的魔幻之旅》這本小說，打開第一章閱讀開始，彷彿印度生活的日常就像一個畫卷，隨著文字的描述而具體鮮明起來。如果要用影像來形容的話，一個在路途中遇到壞人爾後充滿勇氣逃離魔掌的情節，乍看之下有賣座電影《貧民百萬富翁》的影子，也有在印度當地好評不斷的電影《把她帶回家》似曾相識的熟悉感，只是一個是女兒思念父親，出發前往未知的城市尋找；一個是善良的猴神哈奴曼（Hanuman）信徒想盡辦法要送落單的小女孩回家鄉的故事。貫穿在其中的一個元素，也是印度生活中常見的火車站與火車旅程。

故事的開頭與結尾是用「排燈節」（Diwali）相呼應，這個節日背後是一連串的印度神話故事與印度節慶所串連起來，從秋天開始的「九夜節」、接著是各邦萬民慶賀的「十勝節」，接下來就是印度新年「排燈節」（Diwali）了。其中排燈節的前因就是印度神話必讀懂的其中一個關鍵點——《羅摩衍那》史詩，在史詩裡，印度教三大主神中的保護之神毗濕奴，第七個化身成為羅摩王子（Rama），他的妻子悉多（Sita）被十首魔王羅波那（Ravana）擄走，羅摩王子與忠誠的猴神哈奴曼打敗有十顆頭的魔王羅波那之後，經過二十天回到了他的王國，百姓夾道歡迎，所以十勝節慶祝完之後的二十天，就是排燈節的到來，象徵著光明戰勝黑暗。故事裡的小女孩愛莎，期盼父親回來過排燈節，成為她堅定意志的一個願望，也象徵著這個節日在印度教信仰占多數的印度人心中，是多麼具有指標性的意義。

一直在愛莎身後給予有形與無形力量保護她的靈鳥，也恰恰是毗濕奴的座騎金翅鳥（Garuda）的形象，雖然這是一本帶有童心的故事，但透過節日與靈鳥的安排讓這個故事充滿濃濃的印度風情。而這本書還有一個有趣的特色，就是如果不看故事本身光看注釋，都會覺得自己彷彿看了一本印度美食指南一樣。小女孩想念媽媽做的烤餅（Naan）、大塊的印度乳酪（Paneer），用豆子和香料煮出來的道地濃湯（Dhal），還有路邊小吃Pakota、甜點Jelebi、好喝的飲料Lassi……彷彿看完一本書也吃了一頓印度美食饗宴。

作者還不忘在書中加入有趣的對白設計，就像印度電影喜歡在對白中加入向印度當代巨星致敬的橋段，這種做法總是會令印度人產生共鳴的會心一笑，在這本書中好心的便車司機在車上放著最新的寶萊塢電影歌曲，還不忘說著自己的弟弟曾經載過巨星沙魯克・汗（Shah Rukh Khan）。不知道閱讀到此，對印度文化稍有了解與興趣的你／妳們，是否也和印度人一樣露出會心一笑了呢！

大學歷史老師&作家

黃偉雯

信仰，
就是當黎明前依舊一片黑暗，
鳥兒卻已感受到光明在望。

——羅賓德拉納特・泰戈爾

（譯注：泰戈爾生於一八六一年，卒於一九四一年，屬孟加拉族，是英屬印度時期的知名詩人、音樂家、哲學家和反現代的民族主義者。他以詩歌集《吉檀迦利：獻給神的讚歌》一書，於一九一三年獲得諾貝爾文學獎，是亞洲第一人榮獲此獎。）

第一章

牛棚裡的稻草泛著苦中帶甜的氣味，我蹲在稻草旁邊，昨晚怪異的夢境在我心頭飛掠而過。我穩住自己，沿著地面矮下身子，此時母牛互相推擠著，為我騰出了空間。我用手指頭撬開笨重的石頭，拉出一方小小的木頭盒子。

我的雙手顫抖著掀開盒蓋，小心翼翼地展開父親最後一封來信，手指順著脆弱黃紙上的地址描畫過去。

贊達普爾康諾特廣場一〇二號

父親已經離家工作八個月之久，我不知道為什麼他從五月中旬，也就是四個月之前，就沒再來信。我用手背抹去鹹鹹的淚水，儘管我早已將這封信的內容熟記於心，但我依然讀著每個字句，彷彿他就在我身邊。

親愛的愛莎：

這座城市跟穆爾瑪納利真是不同啊。熙熙攘攘，到處都是人群。工廠的工作不算太壞，但我寧可跟你們所有的人一起待在家裡。我知道妳在學校很用功讀書，也都有幫著媽媽做事。我每天都很想念妳，我答應妳，我一定會在迪瓦利（注1）趕回家，慶祝妳最最特別的生日。

永遠都要記著，我很愛妳喔！

爸爸

我剛要把信重新摺疊起來，一只備用牛鈴突然叮噹作響，把我嚇了一大跳。它在一個老遠的角落的掛鉤上晃來晃去，那兒可是一絲風兒也吹不到的地方啊。

就在那瞬間，我回到了夢中冰封的大地，迷失在喜馬拉雅山冰雪覆蓋的荒野中。我的後背緊靠著圖爾西冒著熱氣的身體，試圖讓牠冷靜下來，因為所有的母牛都驚惶不安。

我把信塞進口袋，盯著在寂靜的空氣中左右晃盪的鈴鐺。雖然牛棚裡熱氣騰騰，我的手臂卻爬滿了雞皮疙瘩，前額直冒冷汗。

我的眼睛緊盯著牛鈴，從架子上抓下爸爸的圍巾，圍在自己的脖子上。我吸入那令我感到安慰的氣味，壓下攀升的驚慌……緊接著，牛鈴又再度響了起來，這次甚至更加響亮，猶如喪鐘般在空中迴響著。

我正打算跑去告訴媽媽，卻突然聽見傑凡在外頭呼喊我的名字，他急切的腳步聲砰砰作響，越來越靠近，我的腳步不由得頓了頓。他衝了進來，帶起稻草和灰塵漫天飛揚。

「愛莎！」他的臉蛋通紅，棕色的眼睛裡閃爍著恐懼的光芒，「愛莎，快點來，妳媽媽需要妳。」

「怎麼回事？」我抓緊圍巾，「你嚇到我了。」

「來、來就對了。」他氣喘吁吁，以至於說起話來斷斷續續，「發生了可怕的事情……我在路上再告訴妳。」

「媽媽還好嗎？她受傷了嗎？告訴我。」

「我們必須趕緊下山，回到那邊。」他抓住我的手臂，把我拉出牛棚，我們衝下山趕往村莊，但是道路陡峭，鬆動的石頭讓我滑倒了，我痛苦地倒抽了一口氣，冰冷的空氣竄入我的肺部。

我把手搭在眼睛上，遮擋閃亮的太陽能光電板造成的炫光，瞇眼瞧著那一大片的房舍，只能看出有一大群人正聚集在我們家的大門周圍。從這裡看過去，他們就像一些小點點，我分辨不出是哪些人。

當我們靠得更近一點，我看見了媽媽，她的綠色春呢（注2）正在空中飛舞，就像她用來拍蒼蠅那樣。

傑凡緊緊地握著我的手，我可以感覺得到他的指甲尖銳地抵著我的手掌。

「來了一個女人，還有幾個男人，」傑凡喘著氣說道：「不是這附近的人，他們在跟妳媽媽要錢。」

我覺得自己很不舒服，我壓住身體側邊肋骨部位，以抵擋疼痛感，在經過芒果樹後繼續前行。現在我們距離我家只有幾步路，所有的人正從花園裡湧出來，我看見了傑凡跟我說的那些人。

有兩位彪形大漢聳立在媽媽面前，其中一人拿著一根鈍型金屬管指著她的臉。門外停著一輛紅色轎車，一位穿著西方服飾的苗條女士，站在車旁。我的血液瞬間變冷。

「傑凡，怎麼回事？」

「我不知道！」

我們強行擠過人群，看見雙胞胎正攀著媽媽的腿在哭泣。

「媽！」我大聲喊著，蓋過吵雜聲，「媽！」

她對我不理不睬，她正試圖抓住那位苗條女士的手，「再給我一個月的時間，米娜，求求妳！」她哭喊著。

那位女士把媽媽甩開：「我是一名女商人，可不是慈善家，」她冷酷地說：「就是現在……錢在哪裡？」她對手中拿著金屬管的那位手下點點頭，那人推撞媽媽，使媽媽跌倒在地。

我衝到媽媽身邊，傑凡趕緊把我的小弟弟和小妹妹從險境中拉開。他的媽媽原本與鄰居正在旁觀，見狀把他們倆抱了起來。媽媽站起身，拍掉衣服上的灰塵。

那個女人，米娜，對她的一名手下示意：「你去搜查房子，我來檢查外屋的區域。還有你——」她指著另一名手下，「確保沒有人來干涉。」

那名拿著金屬管的男人，用他的靴子踢開我家的前門。

「媽——做點什麼啊！」我大叫著。我的胃猶如針刺。

但是她卻假裝沒看見。

「離開我們家！」我大聲吼著，怒氣騰騰。

那個男人扯開一個被帕安葉（注3）汙染的笑容，露出一嘴腥紅的牙齒，他一把揮開珠簾，進入屋內，消失不見。

媽媽愣在原地望著門口，一動也不動。她為什麼不做點什麼？我跑進廚房，雙腿顫抖，傑凡緊跟在我後邊。

「你不可以就這樣隨便走進我們的房子！」我的聲音粗啞。

「我不可以嗎？」那男人轉身，他的下巴機械式地移動著，嘴裡依然嚼著帕安葉。他往地板吐出一條血紅色的線，房間瞬間充滿了他腐臭的氣味。

傑凡衝向他：「停下來！太噁心了！」

我的內心湧現強烈的欽佩之情，我和我的朋友迅速地交換了一記眼神。

「傑凡，小心一點。」我抓住他的手臂，「不要靠得太近。」

那個男人把管子丟在地板上，嘴角一扭，露出一抹詭異的笑容：「當妳需要妳爸爸的時候，他在哪兒啊？」他嘲笑著，「也許正在哪個棕櫚酒店花光你們的錢喔……而且我敢打賭，他再也不會回來了。」

「我爸爸根本不喝酒的。」我憤怒至極，「如果他在這裡，你絕對不敢靠近我們家一步。」

他的黑眼珠猶如甲蟲，上方的眉頭擰成一團，他走到媽媽放置陶器的格子櫃門前：「你們是不是把貴重的東西都藏在這裡啦？」他往裡頭瞧，但是裡面的東西還真不值錢。他把所有的東西都掃出來，還把我最喜歡的藍色杯子從架子上碰掉了。杯子嘩啦一聲掉到地面，摔得粉碎。他衝向傑凡身邊，傑凡因此往後摔倒在地板上。

「不要惹他！」我大叫，不假思索地衝向那個男人，用盡全力狠狠地踢他。

「妳這個……小野豬！」

他抓住我的手腕，很粗暴地搖晃我。當他終於放開我的時候，我的膝蓋發軟，恐懼席捲我的全身。

媽媽跑進來，將我拉向她，「求求你……停下來。我們沒有任何東西可以給你們。這裡沒有什麼值錢的東西。」

媽媽的脖子空蕩蕩的，我意識到他們一定已經強行奪走她的黃金吊墜。

米娜衝過門口，環顧四週，皺起了鼻子。她知道她自己在找什麼，她的目光落在我們家的銅罐上。她伸手到銅罐裡，拿出舊牽引機的鑰匙，她一定是剛剛在屋外看見了。

「我們就拿這個當作利息，」她跟媽媽說，把鑰匙搖晃好一會兒，才丟給她的那幫惡棍，「但是我還會過來收取所有該償還的債款。」她走出房子。

利息？償還債款？這些詞語在我腦海裡迴旋，但我不懂是什麼意思。我唯一能確認的是，她把牽引機拿走了。

「不要！不可以拿走我爸爸的牽引機，」我追著米娜叫喊著，衝進花園，「以後我們要如何完成那所有的粗重農活？」

米娜滑進她的紅色轎車駕駛座。

她的手下爬上牽引機。噗噗幾聲，引擎發動了，緊接著發出一個尖銳刺耳的聲音。

「不要！」我哭喊著，無法控制地抽泣著，「不要！」

米娜將她那輛時髦轎車的車窗搖下來，瞪了媽媽一眼，「我們會在排燈節的黃昏之前，回來收那筆款子。如果你們付不出來，我們就接收這棟房子。」

在媽媽答覆之前，她已經加速上路，後頭跟著牽引機。

「媽！」我尖叫：「不要讓他們把車子偷走！」我的聲音淹沒在引擎的噪音和鄰居的叫喊聲中。

傑凡加入我，我們一起跑著，經過媽媽，經過鄰居，緊跟著那兩輛車子跑上大馬路。

我的肺部燃燒了起來，我的腿發疼。他們太快了，我們阻止不了他們。

傑凡咒罵著他們，他的臉色鐵青，眼中怒火熊熊。
即使是在這全然無望的盛怒時刻，他的遣詞用字依然讓我震驚，但我讓那些字眼飄浮在空中。
那輛轎車和牽引機就這樣沿著遠離村莊的蜿蜒道路開走了，灰塵漫天揚起，落在即將熟成的大麥田，引擎的噪音變得越來越模糊，越來越模糊。

注1　迪瓦利（DIVALI）：排燈節，或稱萬燈節，是全印度以及全世界的印度教徒都會慶祝的節日，源自羅摩（大神毗濕奴的化身）與其妻子悉多的故事。節慶中會點燃蠟燭，施放煙火，互相交換禮物。這個節日也是錫克教的一部分，目的是慶祝戈賓德．辛格上師（錫克教第十代上師）從監獄獲釋。
注2　春呢（CHUNI）：女性配戴的長圍巾，通常用於搭配整套服裝。
注3　帕安葉（PAAN）：檳榔樹的紅葉子，咀嚼起來像菸草。

第二章

我們的鄰居一一離開了，彼此交頭接耳低聲議論著。傑凡和我一起走回花園，我們靠得很近，手臂都碰著了，他的眼睛閃著淚光。他轉過臉去，用袖口粗魯地擦著他的鼻子。我的喉嚨發緊，幾乎不能呼吸。當我終於明白發生了什麼事，「利息」和「償還債款」這兩個詞語在我的腦海裡迴響。

「她怎麼可以這樣？媽媽怎麼可以向那個可怕的女人借錢？」我低聲說道。

「盡量不要去想她。」傑凡帶我回到我們的花園。媽媽正在跟傑凡的媽媽談論米娜，她高聲嚷嚷出來的字眼，是我從未聽她用過的，也就是那種不應說出口的話。那些字眼裡滿懷憤怒和懊悔，她的整張臉疲憊不堪。

「我們來把這團混亂清理一下。」傑凡的媽媽說。她用一隻手臂摟住媽媽的肩膀，帶她進入屋內。

媽媽的臉因為羞愧而通紅，淚水順著臉頰不斷滾落，「我從沒想過她會真的來這裡，還這樣威脅我們……如果帕拉斯還在這裡，她才不敢。」她看見我和傑凡過來了，趕緊控制住自己。

「妳已經盡力了，」傑凡的媽媽說：「妳根本不知道她會這樣子出現。」

「愛莎，」媽媽擦著臉說道：「請妳去照顧一下弟弟和妹妹。我剛剛帶他們去盪鞦韆那邊。」

「我去，」傑凡說，一邊把他臉上的瀏海吹掉，「我可以帶他們去我們家，給他們一些東西吃——這裡就有夠妳們忙的了。」他對我微微一笑，我也感激地報以微笑。

傑凡和我跑到羅漢和露帕玩盪鞦韆的地方，那座鞦韆是爸爸專為我們架設的。小傢伙們跳下來，用手臂抱著我的腰。

「那些男人為什麼那麼生氣？」露帕問。

「那位女士真的好壞，」羅漢一邊說，一邊依偎得更近些，「他們還把媽媽弄哭了……我恨他們。」

「有的人就喜歡當令人討厭的壞蛋，這讓他們覺得自己很偉大、很重要。但是不要擔心——他們現在已經離開了，一切都不會有問題的。」我強顏歡笑，盡量讓自己表現得很自信，但其實我開始懷疑一切。

「有誰想要騎我的腳踏車？」傑凡問。他把腳踏車從地上扶起來，靠在牆壁上。當他把羅漢和露帕舉上座位，他們尖聲叫著。

「握緊喔。」他跨上橫桿，轉身面對我，「我們一定會找到方法把牽引機要回來的，我保證。」

我注視著他們消失在花園外，覺得麻木又一無是處，我的喉嚨緊到說不出話來。媽媽借了多少錢？他們說他們會在排燈節回來——那就是七個星期之後。我們要怎麼籌到錢？我滿腦子都是下次他們再來的時候，我們該怎麼辦？我覺得眼前一片黑暗。

我抬頭遠眺，牧場遠處的群山在夕陽的映襯下，形成一道黑色、鋸齒狀的山脊線。

當我進入屋內，傑凡的媽媽已經離開，一切歸於寧靜。

我的藍色瓷杯的碎片，被一層一層地堆疊起來。媽媽沒有把它跟其他被打破的東西一起扔掉，這讓我對她興起一股孺慕。我撿起一塊碎片，感覺那粗糙的破裂邊緣正抵著我的肌膚，我將它塞進我的褲爾搭（注4）口袋中。

媽媽坐在木頭板凳上，布滿血絲的眼睛正盯著一杯熱騰騰的印度奶茶（注5），她的臉浮腫，一向整潔地綁在腦後的長髮，而今鬆垮凌亂。

「媽，妳一定要告訴我到底是怎麼一回事。」我的話語急促，再次心亂如麻，「媽，看著我。」

「我知道妳很擔心，我答應妳稍晚再來討論。」她的聲音顫抖著，用手撫過她的頭髮，「我們晚餐要用到牛奶，妳有帶下來嗎？」

「沒有。這件事太重要了，媽——不要轉移話題。我不再是一個妳可以任意隱瞞事情的孩子了。」

「這真是可怕的一天……我很抱歉，愛莎。」她講話的樣子恍恍惚惚的，「羅漢和露帕去哪兒啦？」

「傑凡用他的腳踏車載他們出去兜風，想起來了嗎？喝點奶茶吧，那會讓妳覺得好一點。」我咬著嘴脣，「發生了什麼事？妳為什麼要跟那個女人借錢？」

媽媽沒有說話，她站起來。

「妳知道的……妳爸爸已經跟我們失去聯繫整整四個月，愛莎……我一直在等待，但是打從五月之後，就沒有任何來信。」她吐出的每個字眼裡都飽含著苦澀。

「我知道。」我比失去胳膊或腿還更想念爸爸，「媽——」我讓她看著我，「一切都會好起來的。之前他寫過那麼多封信，他很愛我們的。他說他一定會趕回來為我慶祝生日。他可能剛好這一陣子就是在忙著工作。」我必須說服她，讓她不要氣餒，「只要告訴我真相就好了。為什麼妳要借這筆錢？」

她坐在我的對面，眼睛周圍有著半圓形的黑眼圈。

「我本來不想告訴妳這些事情的，」她說。她的聲音失去平日的輕快，聽起來就像玻璃一樣脆弱，「妳知道我們無法只靠農場賺得的錢過活，就算是加上我的外快也遠遠不足，而妳爸爸……」她遲疑著，「愛莎，打從五月份那封最後的來信之後，就沒有再寄錢回來。」

「什麼？」我一說話，就差點兒被這個詞嗆到，媽媽剛剛坦誠的事實，逼著我一口氣長大了。我抓住桌子，說不出話來。我知道爸爸沒再來信，但是她從沒告訴過我就連錢也都停了。

「我找不到任何出路了，」她一邊說，一邊拿茶巾的邊緣輕輕擦拭著眼淚，「我一直以為他只是動作慢了一點，下個月錢就會出現。但是，錢一直都沒寄來。」天空發出轟隆隆的聲響，天色變得更加昏暗。她用手臂環抱住我，輕輕地吻著我的頭頂，「留在屋裡，我去拿牛奶。不用太久的，我保證等我回來我們再多聊聊。」

等媽媽離開之後，我走到後花園，這裡排列著一行行晶瑩鮮亮的豌豆和辣椒，這是媽媽播種的，準備拿到市場上去出售。雞群依然躁動不安，牠們不停地吱吱叫，互相啄食。當我躲到屋旁那棵樹冠寬闊的印度黃檀樹下，溫暖的雨滴濺到我的頭髮上，沿著我的頸脖滑落，粗糙的樹幹緊貼著我的後背。

通身油亮、腹部泛紅的黑翅朱雀，唧唧喳喳地從樹枝間衝出來，互相追逐，讓樹葉灑下更多的雨珠，猶如天降聖水。我讓雨水滴落在我臉上，期盼它讓我恢復一點生氣，同時又想到一則咒語，可以用來咒罵侵犯我家的那些人。

「不敢再回到這裡，而是去向北極，那裡萬物不生，唯有嚴酷的冰霜，把你的心放在白熊的爪下，放在鬼狼的腳下。願你永遠衰弱，就像火中的煤炭不斷皺縮，就像牆上的黏液一樣萎縮，就像一名飢餓的孩子不斷消瘦，變成猶如蒼蠅嘔吐物中的一滴唾液那般小，甚至比糞堆上的一個斑點還要小，小到最後變成什麼都不是。」

我滑到地面上，最終讓肩膀鬆垮下來，這一天的重擔讓我筋疲力盡。我閉上眼睛坐著，試圖去弄清楚發生了什麼事情，但卻發現完全摸不著頭緒。為什麼爸爸不再寄錢回家？雨水洗淨了空氣，我吸入傍晚的氣息；溫暖的土壤、青草和甜美的星狀巴庫爾花，很像去年夏天爸爸幫我收集到的那些花，當時我們沒做那些雜活，而是爬上高山去野餐。他把花做成一個花環，將我加冕為喜馬拉雅山的女王。

爸爸現在安全嗎？是否發生了什麼事？

蟋蟀開始發出粗嘎的喀嚓聲，共同演奏出平穩的夜歌，猶如一首無人能避開的合唱曲。我回到屋內，走到廚房架子上的小神龕前，將芥子油倒到提瓦燈（注6）上。我擦亮一根火柴，將提瓦燈點燃，一如之前在爸爸離開後，我每晚都會做的那樣。我望著淡黃色的火焰閃爍著，一開始是昏暗的，接著爆發出明亮的光芒，在濕婆神（注7）雕像的下方閃爍著黃燦燦的光芒。而濕婆神神色安然地坐在那兒，平靜地舉著手。我深深地吸了一口氣，感官中馬上充滿了讓人心曠神怡的茉莉花香氣，那是今天早上媽媽把花環纏繞在祂的脖子上所散發出來的氣味。

「說不定這會幫我們帶來一些好運。」我雙手合十，閉上眼睛，「祈請濕婆神護佑這棟房子和住在這裡的我們一家人。護佑我的爸爸，不論他現在身在何處。祈請讓我們安全，可以團聚在一起，請將感恩送給傑凡、他的家人和我們的鄰居。」我的胃部突然升起一股恐懼，「而、而且特別是祈請護佑我們免受米娜的傷害。」

當我張開眼睛，我注意到佛像後頭塞著一封信。上頭蓋著藍色的英國郵戳，這一定是住在英國的尼爾舅舅寄來的。為什麼媽媽沒把這封信拿給我看？她一向都會把舅舅所有的來信讀給我們聽，我的胃又緊張得翻了個筋斗；她還對我隱瞞了另一個祕密！我將信從信封裡倒出來，匆忙地讀著，一隻眼睛留意著門口……

親愛的妹妹安娜克希：

我們在英國都很好。倫敦一到九月很快就變冷了。不像在印度，你們那裡一定還能感覺得到太陽的熱力。樹葉開始凋零了，這意味著孩子們即將返回學校。今年曼紐要開始考試了。我們期望他能勤奮用功……

我知道妳已經很久沒收到帕拉斯的消息，也沒收到他原本答應要寄給妳的錢。妳是否覺得現在是時候考慮賣掉農場了？妳們可以來這裡過上很美好的生活。勇敢一點，安娜克希。來英國吧……

我的手顫抖著，我無法繼續讀下去。

原來這就是媽媽近來的計畫！她怎麼可以在爸爸努力維持我們一家人生計之時，竟然考慮著要把他拋在身後？那當他回來時，發現這裡空無一人，該怎麼辦？我的手裡捏著信，暴衝到外面，喘著氣呼吸新鮮空氣。

我靠著房子站立，氣呼呼地凝視著天空。我的心一直不停地撞擊著我的肋骨，我的呼吸失去了控制。

石牆被白天的熱氣烘烤得發燙，但我依然靠在牆上。一隻顏色斑駁的蟾蜍從陰影中慢吞吞地跳出來，我跪倒在牠身邊泥濘的泥巴中，聽著牠淒婉的呱呱叫聲。

在我的上空，一輪半月穿透皎潔的傍晚雲層現身了，照亮一隻正在盤旋的胡兀鷲——這是一種有鬚的禿鷹——的翅膀，出於某種不知名的緣由，牠讓我想起了娜妮吉（注8），媽媽的媽媽，她在我六歲的時候去世了。娜妮吉相信我們親人的靈魂，會藉由動物得以延續下來，她還說在她去世之後，她會回來看我們，我們應該留意她的出現。

我閉上眼睛，不再感覺那麼緊張不安——有關娜妮吉的回憶，將我拉回了現實。

當妳媽媽把妳生下來時，妳嚎啕大哭，渾身血跡斑斑，妳才一丁點好小啊，比我伸展開來的手大不了多少。在那風雨交加的夜晚，妳奮力闖入這個世間，雷聲轟擊著屋頂，空中放射著閃電。

妳那猶如青山般翠綠的眼眸，震撼了整個村莊。妳被選中要繼承這古老的名字，愛莎……妳是我們的希望，我要將妳緊緊地抱在懷裡。

當我再次張開眼睛，胡兀鷲已經棲息在古井上。牠的身形大小約如羔羊般，翅膀泛著深銅色的光澤，還有一個灰色的喙。頭部與身體其他部位，覆蓋著金色的羽毛。牠昂首闊步地繞著搖搖欲墜的牆身，並開始像尋找麥粒般的啄食。接著牠展開比我張開的手臂還要寬闊許多的翅膀，降落在我身邊的地面上，分毫不差。就算這時候牠的翅膀已經收斂，這隻鳥依然非常龐大。

牠們通常都遠離人群，但是現在卻距離我如此之近，我可以看見牠腿上每一個亮黃色的鱗片，以及通常用來抓附地面的灰色突脊狀爪子。

胡兀鷲開始發出一種咯咯聲，彷彿試圖要告訴我什麼，我著迷地凝視牠那雙黑色的眼睛。我感到有一點兒心慌，但卻更加往前傾，朝著牠的羽翼伸出手指。牠跳走了，重新佇立在古井上，頭偏向一邊，抬起牠的翅膀。

「但願你是我的娜妮吉，」我的聲音顫抖著，「我好需要她呀。」一根帶著金色光澤的灰色羽毛飄落在我腳邊，我輕輕地撫摸著它絲般的柔軟，將它編進我的辮子裡，「也許我會稱呼你為我的靈鳥。」

牠一直望著我，再次展開牠那威風凜凜的翅膀，但是這次牠飛升到灰白色的天際，並帶起黃檀的枯葉，讓枯葉猶如灰塵般在空中翻滾飛揚。

注4　褲爾搭（KURTA）：穿在褲子外面，長度及膝的一種穿搭。
注5　印度奶茶（CHAI）：印度香料調味糖茶。
注6　提瓦燈（DEEVA, DEEVAY）：一種小陶罐，裡面盛滿了油和一條燈蕊，類似於茶燈。
注7　濕婆神（SHIVA）：印度教的神祉，乃印度教三主神之一。
注8　娜妮吉（NANIJEE）：外祖母。

第三章

稍後，傑凡帶著雙胞胎回家，發現我在廚房的桌邊哭泣。我擦掉眼淚，幫忙把我弟弟和妹妹送上床睡覺。

隨後傑凡將一隻笨拙的手放在我的背部：「妳還好嗎？」

我走向神龕：「傑凡，你看。」我把尼爾舅舅的來信放在他前面，指著那段關於英國的文字，「媽媽一直守著這個祕密。尼爾舅舅要我們賣掉這座農場，過去那裡生活。」

傑凡的目光掃向地板，然後才又回到我的身上：「不過她不是真的打算要離開這裡吧，是不是？」他把目光移開，「妳有想要去嗎？」

我強忍住眼淚：「你怎麼會以為我想要去呢？」我把手臂交叉抱在胸前說：「你知道我多麼愛待在這裡，沒有任何地方能跟這裡一樣，再說我永遠找不到像你一樣的朋友。」

我伸手拉住傑凡的手臂，將他襯衫的袖子從手腕處拉開，露出友誼手環：「還記得我綁上這條手環的那一天嗎？」當我回想起他挺身面對那些男人，將自己置身於險地，我的臉像煤炭一樣發燒，「我們的友誼對我來說意味著全世界，傑凡！尤其是現在！我的周遭事物天翻地覆，我不知道該怎麼辦才好。」

「我們約定過要永遠互相幫忙的，」傑凡扭著手環說：「而且我一定會信守我的承諾。」

我聽見洽啪啦（注9）在外面潮溼的地面上啪唦啪唦作響的聲音，我的胃部感到一陣緊張的刺痛，「快一點，是媽媽。」我滿懷愧疚，手指差一點無法把信摺回原狀，我笨拙地把它塞回神龕後面。

傑凡朝著門口走過去：「晚一點在芒果樹那邊碰面。」

「好的，我會試著走開。謝謝你。」

他遇上了帶著牛奶回來的媽媽。「你是不是在幫愛莎做功課啊？」她試著微笑，還揉亂他的頭髮。

他趕緊把頭髮撫平，「是啊……差、差不多是那樣……」他低聲補充，那道祕密讓他的臉頰紅了，「明天見。」

「我們來吃點東西吧。」媽媽說完，嘆了一口長長的氣，擦亮一根火柴，點燃火爐，「叫羅漢和露帕過來，好嗎？」

「他們在傑凡那邊吃過了，」我急著想要談論到底發生了什麼事，「他們已經上床了。而且我並不想吃東西……我只想談一談，媽。爸爸發生了什麼事？他為什麼沒像他承諾過的那樣寄錢回家？」

她依然沒有回答我的問題，只是專心地將黃色的多厚湯（注10）舀到兩個木碗中，然後把裝得快要滿出來的遞給我。我搖著頭，把它推開。

「來吧，愛莎。妳一定得吃東西。明天是星期一，妳得去上學。」她站到我身邊，扭著茶巾，「妳知道我們做出了犧牲，就是為了讓妳接受良好的教育……這真的很重要。」

我抓住茶巾，好讓媽媽不得不面對著我，「如果我們終將失去農場而前往英國的話，那麼受教育又有什麼意義呢？」

她看著我，慢慢地點著頭說：「所以妳發現那封信了。」

我感覺到自己的臉頰發紅了。

「坐下來吃點東西，愛莎。」

我撲到木頭板凳上，撕下一塊今天早上剩下、已經硬如石頭的烙蒂亞（注11），將它粗魯地浸入多厚湯中，再胡亂塞入口裡，但是它嚥不下去，還劃傷了我的喉嚨。

「這就對了……把它吃完。」媽媽的額頭出現一道深深的皺紋，她倒了一杯牛奶，開始加熱，「吃了這個會讓妳長力氣。」她撒上肉桂粉，將那杯冒著泡泡的溫暖飲料輕輕地放在我面前。

我啜了一小口牛奶，好讓那塊堅硬的烙蒂亞滑下喉嚨。

「他們真的會在排燈節的時候回來嗎？」我問，心裡很害怕聽見她的回答，「如果他們回來，我們真的得賣掉農場嗎？」

媽媽沒有回答，她只是握緊雙手，一直盯著門口，我知道答案就是「是的」。

「如果我們知道我媽媽把她的金子藏在哪裡就好了……」她停頓了好一會兒之後說道。她彷彿置身另一個世界。

「娜妮吉有金子？」

「她在臨終之時才跟我說了這件事。當時她在發燒，所以我一直無法確認這是不是真的。」

「她怎麼跟妳說的？」

「她說這是一筆珍貴的黃金嫁妝收藏品，當初都是贈送給我們家族的女兒們。自古以來的每一代都對這筆珍寶添加東西，再傳承下去。她說裡面有古代雕刻的手鐲、耳環和項鍊。妳的娜妮吉把它安全的收集在一起，以備艱辛困苦時期之需……但那是很久以前的事了，沒有什麼是能確認的。」

「妳有看過這些寶物嗎？」

「沒有，」媽媽說，又再次扭著茶巾，「我們不知道她都怎麼處理。也許她曾想要告訴我們，就在她去世之前——但是沒找到機會。也有可能它根本就不存在。」

「如果我們能找到它——」我開始覺得興奮——「爸爸就不必在工廠做那份糟糕透頂的工作……我們也不必被迫去英國。」

「妳不覺得我們已經找過了嗎，愛莎？」

我以為自己的心臟就要停止跳動了，我深深地吸了一口氣：「媽，我們不能將爸爸拋在後頭。任何事都可能發生在他身上。這是我們的家，他可能會回來這裡找我們。」

「沒有他，我都不知該怎麼活下去了。為了獲得清晰的電信信號，我曾經去過索拿哈爾。我打了他留給我們的電話，一遍又一遍，但是一直沒人接聽。然後我又不斷地寄信，也是沒有收到回信。」

「我們不能棄他不顧，媽！」我的話語哽咽住了，我幾乎說不話來。

媽媽的臉色陰沉了下來：「但是我到底應該怎麼做？」

「我所愛的一切都在印度，」我啜泣著說：「我不想去英國，媽。」

她的臉色卻突然轉為堅定：「我也不想去。但是如果我們在排燈節之前一直沒有他的消息，也沒有收到錢，我們就別無選擇了。我們必須賣掉農場，把欠米娜的錢償還給她。我會跟尼爾舅舅說我們會過去。到那時候距離妳爸爸沒有寄來隻字片語，就已經是半年的時間了。」

「媽，我們不能這樣——這只剩七個星期啊。」我抓住桌子邊緣，「我們不能遺棄他。我才不管妳說什麼，我不要去，媽！我不要！」我跑出廚房，媽媽緊跟在後。

注9　洽普，洽啪啦（CHAPPAL, CHAPPALA）：簡單的涼鞋，有點像人字拖。
注10　多厚湯（DHAL）：用扁豆做的湯。
注11　烙蒂亞（ROTI, ROTIA）：以全麥麵粉製成的薄餅，以平底鍋烹調，類似於墨西哥玉米薄餅。

第四章

她在花園找到了我，此時所有的怒氣已經從我體內散光了，我只覺得筋疲力盡。她將我拉近她身邊，我把頭埋進她的懷裡。

「對於發生的這一切，我感到很抱歉，愛莎。」她將我臉上的眼淚擦掉，「但是我們得來做件事情。」她領著我進入屋內，我們站在神龕的旁邊，「我們來點燃另一盞提瓦燈，好嗎？」

「媽，」我低聲說，感覺從未有過的疲累，「妳可不可以告訴我，在我出生時發生的故事？」我必須趕走米娜和那些侵入我們家的男人所造成的記憶。

「但是妳以前就聽過很多次了。」

不過，她帶著微笑，她對這故事的喜愛，跟我不相上下。

「拜託啦，媽！」我說，將她拉到板凳上，坐在我旁邊。

「嗯，好吧，」她開始了，「大型的排燈節慶祝活動，也就是燈火的盛會，越來越靠近。我的媽媽，也就是妳的娜妮吉，從遙遠深山中她所居住的村莊過來看望我們，就跟往年一樣，每個人都點燃自己的提瓦燈，演出羅摩王子與他的妻子悉多公主被國王驅逐之後，再次返家的故事。」她的臉龐發亮。

「妳爸爸非常的體貼，我們都非常興奮。然後出乎意料地發生了非常壯觀的雷暴雨。」媽媽邊說邊解開我的髮辮，胡兀鷲的羽毛掉到我的膝蓋上，我輕柔地拾起，握在手裡。

媽媽拿起梳子，梳理我的頭髮：「妳的捲髮一縷一縷的又長又粗，愛莎，就跟濕婆神一樣，好有福氣……所以呢，差不多在十二年前的夜晚，妳決定來到這個世間……因此我們稱妳為雷雨寶寶。」

「還有娜妮吉看見我的綠色眼睛時是怎麼說的？」

媽媽深深地嘆了一口氣，彷彿真的很想念她的媽媽：「娜妮吉看了一眼妳那猶如青山般翠綠的眼眸，說道——這個寶寶將會看到別人看不到的東西。」

「那妳覺得真的是這樣嗎，媽？」我又啜了口牛奶，用手指描畫著桌巾上的紅色圖案。

「所有的事情都可以從不同的角度來看待，」她說，同時在我的頭髮上撒了些茉莉花油，「這完全取決於妳相信的是什麼。妳現在已經長大了，妳要開始自己去解決問題。」

她注意到我膝蓋上的胡兀鷲的羽毛，將它放在桌上：「妳在哪兒找到的？」

「在外面花園那邊。媽……妳怎麼知道我們的祖先的靈魂會以什麼形式存在？」

不知從什麼地方傳來了答覆，而媽媽的聲音消失在背景之中……

我不是告訴過妳嗎？愛莎，在我離開妳的那一天，我一動也不動地躺在細緻的白棉布被子下，我的呼吸漸漸變得沉緩而吃力。我把妳叫過來，坐在我身邊，要妳莫要驚慌，因為我不是真的永遠的離妳而去……我的靈魂一定會找到方法，回來找妳。

「如果妳直視牠的眼睛，他們說妳會看進牠的靈魂，並且判斷出牠是不是屬於妳的家族……妳還好嗎，愛莎？」

我靠在媽媽身上：「媽——」

娜妮吉一定看過很多胡兀鷲，因為她是出生在深山裡的。當我想到我早先看見的那一隻，內心非常興奮，特別是在我的記憶夢境發生之後。

「媽，娜妮吉有沒有提過胡兀鷲？」

「她曾經說過一個故事：有一次她在照顧家裡的羊群時，在一座高山峭壁上發現一個被遺棄的鳥窩，裡面有一隻胡兀鷲的幼雛。她觀察了幾天，沒看見有親鳥來餵牠吃東西，所以她把牠視做珍寶，撫養牠，直到牠長成會飛的小鳥。她說即便牠還是非常的年幼，尚未成熟，卻迅速地個頭長得很龐大。她很愛牠，而在牠長大之後，牠依然經常回來看望她。總之，她是這樣告訴我的。」

她幫我的頭髮重新編好辮子，把羽毛放回去。然後她從她的春呢的一個打結的邊角，拿出一個紅色的絲質包包。

「我把我的吊墜拿下來，以免被米娜禍害了。」她溫柔地拿著包包，「我想是時候讓妳擁有它了……我的媽媽在我十二歲的時候，將它給了我，現在輪到給妳了。」

「我還以為被他們拿走了。」看著媽媽把它拿出來，我覺得胃裡有蝴蝶在狂舞。

這個吊墜的形狀就像是一滴淚珠，有個彎彎的底端，底部附著一顆很小的紅寶石。她解開長長的鏈條，將這條打從我能記事以來一直戴在她脖子上的項鍊，掛到我的脖子上。

我摸索著它的表面，它就像細緻的金色蕾絲，我用手指纏繞著它。

「喔！媽……」我不知該說什麼話才好，「它是……那麼漂亮……好榮幸可以擁有它，我保證會永遠好好地維護它。」

「妳的娜妮吉說要在妳的十二歲生日送給妳，但是我覺得現在就該給妳了。它是代代相傳的，永遠都只傳給長女。這是非常特別的禮物，愛莎。」媽媽用手捧著我的臉，「這個吊墜是個古老的符號，叫做『布達』（注12），」她說：「它來自喜馬拉雅山北部，娜妮吉的家族就是那裡的人，妳那如青山般翠綠的眼眸來自那裡，胡兀鷲也是源自那裡。」

她將我帶到神龕後面的鏡子前，吊墜捕捉到閃爍的提瓦燈所發出的金色光芒，照亮了我身後的媽媽的臉，就在這一刻，我的身體被一道節奏貫穿，彷彿我家族中所有在我之前佩戴過這條吊墜的女兒們，都跟我建立了聯繫。

我彷彿第一次真真切切地看見自己的眼睛，如青山般翠綠，帶著憤怒的斑點，我的祖先們的臉龐好似遙遠過去的星星，從我眼中飛掠而過。一道無聲的吶喊，在我的腦海中轟隆隆響起——我不會讓農場被賣掉，我們不會去英國，不會把爸爸遺棄在這裡，不管媽媽怎麼說！

注12 布達（BUTA）：一種古老的花卉符號，形狀有點像淚珠。

第五章

我將自己撐在床上，等待屬於我們的信號；然後，果然來了，閃爍的光射進小窗戶；傑凡已經在芒果樹下。

我衝到屋頂的露臺，在我擇路前往花園的途中，努力讓我的洽帕啦（涼鞋）不要在石階上發出聲響，媽媽正坐在窗邊縫紉，我矮下身子溜過去，跑向大門口。我匆匆離開屋子，天鵝絨般的夜晚，充滿了貓頭鷹狩獵所發出的叫聲，久久不散。我終於抵達我們的大岩石，經過它後再快速衝向我們的芒果樹，此時我心裡醞釀著一個計畫。

我把自己的洽帕啦丟在芒果樹底下，赤腳插入第一個已經飽經磨損的支撐點。我推開被雨水打得溼透的樹葉，維持著平衡，來到傑凡旁邊的樹枝上。

「接下來我該怎麼辦？」我立刻脫口而出，話語哽咽。

我像倒珠子般地將剛剛媽媽和我之間發生的一切告訴他，說完時我已經快要哭出來了，「而且她還說在排燈節之前如果還沒有他的消息，我們就要去英國。」

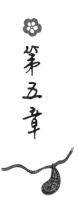

傑凡摸著胡兀鷲的羽毛，「妳頭髮上的這個是什麼？」

「喔……」出於某種不知名的原因，他的觀察讓我冷靜了下來，「沒什麼，只不過是一根羽毛，我很喜歡它的樣子。」

我沒告訴他之前在花園發生的事——那段有關我希望胡兀鷲是娜妮吉的靈魂的想法，以免打破了每次我回想起她時所感受到的魔力。他可能會說靈魂是不存在的……他可能會問我：妳怎麼證明？而我知道我確實沒辦法。

「傑凡，你覺得爸爸發生了什麼事？」我一次又一次地回頭檢視我所假設的各種可能性，「他沒再寫信回來一定是有緣由的。」我強迫自己說出之前不敢說出的話，唯恐一大聲說出口，就會釋放惡魔的怒氣，讓壞事成真。

「你覺得他是不是……忘了我們？」說出最後一個字時，我的心跳加速。

「怎麼會。別這麼說，妳爸爸才不像他們。」我們兩個都知道有些男人進城去工作之後，就永遠沒再回來了。

「我知道今天會發生一些奇怪的事情，」我停了一會兒之後說：「牛棚裡的鈴鐺開始自個兒晃動，同一時間，那些男人和那個女人——米娜，來到我們農場……而且我又開始做夢了。」我將臉轉向他——我想看看他對於我說出來的這些話，會有什麼反應。

「你知道娜妮吉是怎麼認為我可以看見別人看不見的東西嗎？」我慢慢地開始描述，「嗯，昨天晚上我夢見我正在穿越喜馬拉雅山。那裡正是酷寒的冰雪天，我遇見一位老婦人，她讓我用她的火堆來取暖。」

我往下瞧著我的手掌，「她說在我的掌紋中隱含著一個訊息。」

趁著月亮還沒躲到雲層之後讓我們陷身一片漆黑之中，我仔細地觀察傑凡的臉。但是當他再次發言，我看得出來他完全沒把我的話當一回事。

「那只是一個夢境，愛莎，」他笑著說：「什麼怪事都可以在夢境裡發生。」

「你以為我是在捏造嗎？」我因憤慨而面紅耳赤。

「冷靜下來。」

「你從不相信我！」

「只不過是……我沒辦法用我真實的眼睛看見那些東西，不是嗎？總之，現在最最重要的事情，就是把妳爸爸找出來。」

月亮再次露出身影，在傑凡的手臂上投射出樹葉圖案般的陰影，突然我第一次注意到，這雙手臂已經跟國中的男孩子一樣毛茸茸的。

「你看，媽媽把娜妮吉的吊墜給我了，」我說，把墜子拉出來給他看，「她說這是一個特別的禮物。」

「妳媽媽一定真的非常的信任妳，」他很仔細地查看著，聲音變得很柔和，「也許只有非常特別的人才能配戴這樣的禮物。」

我很慶幸月亮現在半隱藏在雲層後面，否則傑凡就會看見我臉紅了。

過了一會兒，他再次開口：「說不定妳說對了。說不定妳的夢境正在以某種方式引導妳。」傑凡摘下一片寬大的芒果樹葉，開始壓碎它，讓它釋放出讓人垂涎欲滴的甜香味，「就算它只是妳的直覺，只是一種心理狀態。」

「你這麼以為嗎？」我透過樹葉凝視著天空。

「不然妳是怎麼想的？」傑凡問道。

我試著理順我混亂的思緒說：「媽媽說我快要十二歲了，我得自己解決自己的問題……我覺得那些夢境是在引導我，但是引導到哪兒去呢？我必須有個方向啊。」

當我們兩個都在思考的時候，芒果樹內一片寂靜，柔軟的雨滴撫慰了我狂躁的思緒。

終於，傑凡開口了：「妳知道村莊最盡頭那座獨棟的房子嗎？」

我打了個冷顫，手臂上的寒毛都豎立了起來，「巫婆之屋？」

傑凡點點頭，「嗯，說不定妳的夢是在告訴妳，去找個人幫妳看看手相？這個她一定做得到！」

傑凡的建議讓我非常驚訝，我還以為他會說看手相完全是個無稽之談呢。

我們從樹上爬下來，開始徒步上山，繞了好長一段路來到村莊的最盡頭，甚至還要再走更遠一點，方圓好幾英里路只有這棟房子，就是她的。

炎熱的秋風撲上我們的腳踝，又一邊撕扯著樹上的葉子，好似在慫恿我們上前，我忍不住想像，是不是有什麼野獸在尾隨我們的腳步。

「我不知道是不是這樣……人們說她會在夜晚散布詛咒。」我輕聲說著。

「那是迷信，愛莎。」

「那我們為什麼要去？」我低聲說，他沒有回應。

「你記得那個比我們高一個年級的男孩子阿米爾嗎？」我說，我太緊張不安了，不敢回頭看，「他說她會挖掘去世嬰兒的頭蓋骨，並用頭蓋骨念咒召喚他們的靈魂。」

「他只是想嚇唬妳，」傑凡說：「那些都只是故事，就這樣而已。」

當我們跟隨著月亮的方向，沿著山的邊緣走，我讓自己盡量靠近傑凡，之後當我們離房子越來越近，我在背後將手指交叉（注13），我們開始下山了。

我遲疑地推著大門，期盼它是上鎖的，但是隨著一個巨大的嘎吱聲，門敞開了，露出一間殘破不堪的房子，它的屋頂是以細樹枝綁在房梁上搭建而成，顯得凌亂不堪。院子大而深，滿布詭異的黑色月影，房子被塞在遠遠的一個角落上。我們的手電筒在我們的身前形成一個光圈，我們小心翼翼往房子靠近，我口乾舌燥，胃攪個不停。

我真不敢相信我正站在這個殘破的木門前，它很像紙質的骨頭，被日晒雨淋漂成了銀白色。

「你想要回家嗎？」我問，很希望這次他會說好，「我們還能迅速跑回大門口，還來得及。」

「我們來把事情做完。」他飛快地說，聲音在顫抖，「祈、祈禱我們可以找到妳正在尋找的答案。」

明明知道這個地方可能會有危險，卻要跑到這裡來，這樣對嗎？

一陣狂風掃過我們的背後，突然響起一陣喀啦喀啦聲，引我抬頭望向門口，是一堆鳥嘴！它們是透過呼吸孔被串連在一起的，掛在一個釘入石質壁龕的掛鉤上。一條被風化的細繩，懸吊在一個頭蓋骨之下，它的上頭布滿粉狀的灰色灰燼，隨著風漂浮到我們面前的地面上。

「我們來敲門，」他說：「趁我們還沒改變心意。」

「我來吧！」我說，吞下恐懼，邁步走向門口。

「用這個。」傑凡撿起一顆大石頭，「萬一巫婆在門上下了什麼隱形的毒藥呢。」

我接過這顆石頭，大聲地敲門。沉悶的撞擊聲在漆黑的夜色中迴盪，打破了院中的寂靜。但是沒有人出來。

我們等著，我的心在胸口狂跳。

正當我們認為沒有人要出來時，大門突然飛快地開了，我們兩個驚恐地往後一跳。

注13　將手指在背後交叉，代表祈求好運，或者集合力量來對抗邪靈。

第六章

一位僅比我高一點點的婦人佇立在低矮的大門口，她手中的蠟燭頭點亮了黑暗，從屋內瀰漫出難以言說的霉味。

我站在傑凡旁邊，挺直肩膀，努力控制著在我耳邊砰砰作響的心跳。

那婦人一頭白髮，從中間一分為二，盤成一股鬆散的髮髻，中間紮著一根尖頭、黑白相間的豪豬刺。她穿著一件綠色棉質的紗麗（注14），寬鬆的布料搭在她瘦削的肩膀上，布料的底部跟地面是同樣的顏色，這讓她看起來就像是從泥土發芽抽長出來似的。

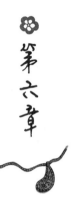

「噢，瞧瞧這是誰啊，」她說，閃現一排歪歪扭扭的牙齒，就像發育不良的墓碑，「是雷雨寶寶和她的朋友啊。」

只有媽媽這樣叫過我，所以這位老婦人怎麼會知道我這個特殊的名字呢？我的胃又自行摺疊了起來，突然間我真希望剛剛還有機會的時候已經跑回家了。

「契塔拉古波塔，」她說，用扭曲的指甲指著她自己，「所以妳是要我幫妳看看手相的，是不是啊？」

我有提過我的手相嗎？她好像已經在閱讀我的心意了，這讓恐懼貫穿我的全身。

「歡迎光臨。」她向我們招手示意我們進屋。

「不要，愛莎，我們不要進去。」傑凡低聲說：「誰知道裡面有什麼東西？我們趕緊跑。」

「不行，」一說完，我自己都大吃一驚。想到媽媽說的話，我將他拉進屋內，雖然我渾身的神經都在叫囂，在我記憶中從沒這麼害怕過，「來吧，傑凡，我們現在不能回頭，這是唯一能夠讓我確認該怎麼做的方法。」

實在很奇怪，今晚明明很炎熱，但是契塔拉古波塔的壁爐裡卻燒著火，一口刻著古文圖案的厚重鍋子正在冒著泡泡煮著東西。

我們交換了一個目瞪口呆的表情，驚恐地盯著鍋子。我抓住傑凡的手臂，盡可能地靠近他。

「坐、坐。」她說，指著火爐一側一張破爛的編織板凳。她將一個鐵杯浸入鍋中，舀出滿滿的一杯……奶茶；完全不是我想像的東西，但是我依然沒辦法喝它。

「舒克里亞（注15）。」我禮貌地開口。我手裡握著杯子，沒膽子把它放到嘴邊。傑凡也沒喝他那杯，只敢雙手緊緊地圈著杯子，低頭盯著地板。他集中所有精力要讓它穩下來，但是那杯奶茶還是抖個不停。

「是的，」我說：「我、我需要請妳幫我看看我的掌紋。」我緩慢地開口說出這些話，一副還不太確定的模樣，「然後告訴我該做些什麼。」

「先喝一點奶茶。」她考驗著我們說道。

她緊盯著我們，我只好啜了一小小口那含甜的飲料，一股我無法辨識的奇怪草藥味黏在我的舌頭上。我做了什麼事？但是我還來不及警告傑凡，他也做了同樣的事。

契塔拉古波塔坐在她的凳子上，在這半昏暗的房間中露出一個燦爛的笑容，在燭光和火光的映照下，她那如幽靈般蒼白的皮膚上所刻畫出來的線條與皺紋，顯露無遺。

她把髮髻上的豪豬刺拔下來，鬆開一大團狂亂的白髮，垂落在她的臉龐兩側，猶如蠕動的毒蛇。

「現在，」她說，聲音沙啞，好似被踩踏於腳下的冬天枯葉，嘎吱作響，「我們準備開始了。」她仰起頭，抓住我的手，開始撫摸我的手掌。她的手指猶如灼熱的金屬，描畫著早已被我自己反覆研究過的掌紋。

現在她的聲音變了，變得低沉而空洞，好似來自她內心深處的某個地方。

「山之女神啊，」她以隆隆作響的聲音說：「請向我們揭示這些朋友必須遵循的神聖道路。」

她瞇著眼睛研究我手相，「在妳前頭還有一段漫長的旅程……我看見積雪的山峰，越來越高。」

「我的小姑娘，妳被山神召喚了。如果妳想要妳爸爸回來，妳必須去喜馬拉雅山最北端的卡薩雷聖殿，點燃一盞提瓦燈。這件事非常重要，山神的女兒，神聖的恆河，就是從這個地方開始她的旅程。」

一陣涼風充滿了這個房間，我聽見泉湧而出的水聲，彷彿正從岩石間傾瀉而出。

「記得那個故事嗎？當濕婆神不得不讓恆河放慢速度時，祂用祂的長髮擋住了她的道路？」

她抬起我的下巴，強迫我盯著她的眼睛。那雙眼睛好像在噴火，在我們兩人之間製造了一道高高的火牆。火焰中跳出怒吼的老虎，牠們用尖銳的白色獠牙咆哮著，距離我非常得近，以至於牠們酸臭的呼吸讓我的肌膚升溫了。

我比以前發燒時還要熱，以為自己正在被一群野狼追逐。她更加用力地握緊我的手，而我的頭垂到了胸前。

我覺得自己身處夢境中，而且眼睛是張開的，我無法相信眼睛所見的一切，但是它卻像白天一樣清晰。

一排排深綠色的藤蔓往空中盤旋伸展，環繞成一個魔法陣。房間裡充滿了榕樹，它們長著蛇狀的長氣根，巨大的無花果從粗壯的莖冒出來，藍色與黃色的喜馬拉雅罌粟花在幽暗中搖曳生姿。

我想要知道傑凡是否也能看見這些東西，但是我的舌頭好像已經睡著了，沉重得無法發揮作用。

「恆河為了來到地面，做了很大的犧牲。」契塔拉古波塔的聲音鑽入我的腦袋中，「如果妳想讓旅程順利，那麼妳也得做一點犧牲……像真正的朝聖者那般剃頭，穿著橙色和黃色的衣服以求好運。胡兀鷲將會在妳的旅程中一路引領妳。牠們是妳祖先的靈魂——牠們會照顧妳。」

最後她放開我的手。

「愛莎，妳一定得繼續這段旅程，妳的爸爸正在呼喚妳。」

我眨眨眼，火、森林和老虎一下子就消失了，就跟剛剛出現時一樣的突然，只留給我徹骨的寒冷，就好像我一直在颳大風的林地和冰雪高山間徘徊。我把雙手舉到嘴邊，吹送暖氣，但雙手依舊冰凍。我把手舉在火上烤著，火堆迸出火花和劈啪聲，就好像水被丟進油裡一般。

契塔拉古波塔從那把搖搖晃晃的凳子跳起來，將一支長長的木條插進跳躍的火焰中，然後點燃了一大把的香。她將香舉到空中旋轉著，製造出白色的煙霧，圍繞在我們身邊。

小房間裡香料的味道和奇特的動物氣味混雜在一起，讓我頭暈目眩，我必須捉住凳子的邊緣，以免自己摔倒在地。

「妳不知道自己應不應該來這裡，愛莎……但是妳來對了。我知道妳將運用自己的力量，為他人謀取福利。祝福妳的旅途順利。」

「愛莎。」傑凡突然猛拉我的手臂，「走吧！」

我們往門口跌跌撞撞跑過去，而她在我們身後撒下一把玫瑰花瓣。

「願天神對妳微笑，我的孩子，」她一邊說一邊走向門外，「我會看著妳一路前行。」

我們以最快的速度衝過院子，遠離房子，微風將我們身後懸掛的鳥嘴吹得喀啦喀啦響。直到通過她家的大門口，我們才敢停下來，緊緊抓住彼此，發出歇斯底里、高亢的尖叫聲。

注14　紗麗（SARI）：印度婦女披裹在全身的長條薄布。

注15　舒克里亞（SHUKRIAA）：謝謝你。

第七章

我看得出來，傑凡完全被嚇壞了。

「我們趕緊離開這裡，」他抓住我的手臂說：「她怎麼會知道這所有的事情？」

「我不知道……」我氣喘吁吁地說。

「而且當她的聲音改變時，」傑凡大叫著說：「我還以為我們就要翹辮子了！實在太詭異了……就像一場夢啊。」

我的思緒不斷翻滾著：「但是我的身上起了變化，傑凡。經過今天所發生的一切，我的內心裡已經明白：想要找到爸爸，這事取決於我。」我仰起頭望著星星，感覺大地在我腳下傾斜。

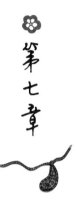

我覺得自己飄浮了起來，就好像被一條銀色的絲線拉回過去。

妳就像濕婆神的妻子，來自古代的女戰神杜爾迦（注16），騎著一隻老虎，打敗群魔。妳要準備好啟程了，旅程中層層的積雪覆地，蓋過松樹，濃烈的冰霜漫天飛舞，妳可能會迷失一段時日……

「愛莎，妳還好嗎？」傑凡的聲音讓我突然一驚，記憶因而碎裂，消失了。

「還好……只是覺得有點奇怪，」我回答，試著讓思緒聚攏，「我必須專注於如何找到爸爸。」

「我有個主意，」傑凡聽起來很興奮，「我們星期六要去索拿哈爾的市場——我們會利用小貨車，載一些棉花去賣。妳可以藏在裡面……如果妳準備好這麼快就離開的話？」

我的身體同時感到害怕與興奮不已，「是的……我想我是準備好了，」我說：「特別是在契塔拉古波塔說過那一番話之後。」我想像著我們兩個出發，穿越狂野的喜馬拉雅山，抵達贊達普爾，而且我從剛才的吊墜中，感覺到一絲微弱的律動。

「爸爸通常會先把小貨車裝好，放在避雨的遮棚下面。只要天一黑，妳就可以躲到罩子的下方，到了早上，我就會來了，和我爸爸一起趕牛，確保妳的安全。」

「而且你知道所有星星的名字，所以如果我們必須在夜間旅行，你會確切地知道我們該走的方向。」看起來很說得通啊，水到渠成，一切明朗化了。

傑凡挺起胸膛，再次掌控場面，「等到爸爸一忙，我們就去找火車站，繼續我們的旅程。」他飛快說著，好似已經迫不及待地想要出發了。

「我們可以帶著爸爸留給我的印度地圖，」我說：「在上頭把路線標記出來，這樣我們就很清楚要往哪裡走了。」

「我們會把這些都搞定的，」傑凡一邊說一邊往前衝，「但是我們得快一點。現在有點晚了，而且妳也知道我們明天有一堂馬爾赫特拉老太太的數學課。」

我拉長了臉說：「而且我還沒寫作業。」

「別擔心，早上再抄我的就可以了……跟往常一樣。」

「而你可以抄我的英文，」我說，並輕輕地推了他一把，「跟往常一樣！」

當我們遠離女巫的房子，爬向農場，吊墜抵著我的鎖骨晃盪著。

「你真是個好朋友，傑凡。我現在清楚地知道自己該怎麼做了，就像媽媽說的，我要自己解決事情，自己做決定。」我覺得有一股無形的力量，就像一隻強而有力的手，拉著我走向我的命運，「再過七個星期就是排燈節了，在媽媽把我們帶去英國之前，我要去贊達普爾，把爸爸帶回家。」

注16　杜爾迦（Durga）：印度教所有女神中最重要、最受崇拜的女神，是濕婆神的妻子，被視為宇宙的能量，身材高大，有十隻手臂，每隻手臂握有足以摧毀邪惡力量的武器。

第八章

這個星期倏忽即過，就跟太陽鳥拍打翅膀一樣快速，我簡直不敢相信，現在已經是星期五晚上了；明天，在太陽上升之前，我們就要走了。

當我忙完家務事，進到屋內，媽媽正在桌子邊寫東西她抬起頭說：「妳在外頭待到好晚啊，而且……看看妳。」她飛快地把紙摺起來，放進她的包包裡。

「我必須回去幫小桑妮的蹄子上些黃油。」我解釋道，這時辮子上的水順著脖子滴了下來。

「妳溼透了。」她抓起一條毛巾，環住我的肩膀，「過來跟我坐在一起。」她努力讓自己聽起來很開心，但是她的眼圈看起來比昨天更深了。

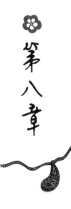

我摸著她幫村莊裡某個人的褲爾搭做的針腳：「妳好靈巧——這個好漂亮啊，媽。」

「妳的嘴真甜。等到我們有些空閒時，我可以教妳做一件。」

我對媽媽露出疲憊的微笑。去贊達普爾的計畫會讓她的處境更加艱難，我知道當她發現我離開時，一定會驚慌失措又絕望，這裡沒有任何人可以幫她的忙，她必須一個人扛下所有的事情，但是我希望她能夠了解：我是為了我們所有的人才這麼做的。

「來吧，」她說，並握住我的手，「我們走吧。」她領著我上了樓梯。

羅漢和露帕睡在房間他們自己的那一側，發出很吵雜的呼吸聲，就這一次，我很高興他們已經睡著了，這樣我就可以獨自擁有媽媽了，這是最後一次。

她把我塞進床上，被單柔軟地抵著我的下巴，她說：「就跟妳還是小嬰兒時一樣……妳還記得我幫妳做的那個小布娃娃嗎？」

她摸著我的頭髮，心不在焉地哼著：「暴風雨帶走了夜晚的熱氣，所以今晚妳可以一夜好眠。晚安，親愛的小愛莎。」

我不禁想，當她在微弱的晨光中發現我的床鋪空蕩蕩時，她會多苦惱啊，「晚安，媽。可以給我一個擁抱嗎？」

「過來這裡……」她緊緊地擁抱著我，而我呼吸著她的氣味——洋蔥味，混雜著令人陶醉的茉莉花香。

我將自己蜷縮在媽媽的身體裡，不想讓她放開我。

「如果沒有妳，我該怎麼辦？」她說，眼裡盈滿淚水，「最近這幾個月，妳不得不成長得如此之快。」

媽媽的話重重打擊了我——沒有我，她該怎麼辦？我把頭深深埋進媽媽舒適的懷裡，我們就保持這樣的姿勢，直到我覺得自己漸漸睡著了。終於我聽見房門喀啦一聲，她要回去睡覺了，而我滿懷著愧疚，穿梭在夢境中，直到深夜。

我突然驚慌地醒來，坐直了身子。出發的時間到了嗎？我檢查床邊的鬧鐘，但是還要再等半個小時。我口乾舌燥，呼吸急促，簡直不敢相信——今天我就要離開家裡了。

置身房間寂靜的黑暗中，我跪在床上，摸索著牆上的印度地圖，把它拉了下來。

我打開手電筒，把地圖攤開來，但是羅漢在他的床上翻了個身，我僵住不動，屏住呼吸。然而他醒了，呼喚著我，就像往常半夜做的那樣。

「愛莎？」他坐起來，揉著眼睛，「愛莎，妳在做什麼？」

「噓……沒什麼，你是在做夢，回去睡覺。」我低聲說，趕緊拍拍他的臉頰，親親他溼冷的手，「這……這只不過是一場夢。」

我屏住呼吸，看著他的胸膛上下起伏，才敢再次喘氣。我回頭去看地圖，開始注記我要走的路線，手電筒尖銳的光源在紙面上投射出長長的陰影。

「贊達普爾市是在山的另一邊——爸爸在離開前，幫我把它圈了起來——我們必須先穿過喀拉普爾，再經過卡薩雷，才能到達那裡。」

爸爸是在索拿哈爾搭的火車，所以我先用筆將它標示出來，最後終於找到我們的村莊——穆爾瑪納利，我畫了一個大大的心，把它圈起來。

我急匆匆地準備給媽媽留一個訊息，但是我的手卻猶豫了——她說過說謊是錯誤的，但是或許這不算是個謊言。畢竟，一旦我抵達位於卡薩雷的聖殿，我就會去點一盞提瓦燈。我努力控制自己顫抖的手，開始寫下即將留在我枕頭上的字條……

媽——我要去寺廟為我們所有的人點一盞提瓦燈。

回頭見——愛莎

當她讀這個字條時，不會覺得哪裡不對勁——這是我平常星期六早上會做的那類事情——但是當我開始寫第二張字條，那張我會留在濕婆神的雕像下方，是媽媽應該會晚很多才會發現的字條，我的吞嚥變得很困難。

最最親愛的媽媽：

請妳不要生氣。我不想去英國，而唯一能站起來保衛農場的人是爸爸，所以我去找他，把他帶回家。妳跟我說過要自己做決定，而這就是我必須做的事情。

不要擔心，娜妮吉的吊墜會保護我。

獻上我所有的愛。

愛莎

媽媽一定會很震驚，淚流滿面……而且很生氣。她會知道我跟她說謊了，但是我咬緊牙關，把紙條摺好，放在床上。

我使勁地拉上去年尼爾叔叔寄來的硬挺的牛仔褲和連帽衫，再把我藍色淺口輕便鞋的鞋帶繫好。萬一有人來找我們，這些衣著會是個很好的偽裝。我從褲爾搭拿出我的破杯子碎片，塞進我的口袋中。

我將胡兀鷲的羽毛編回我的辮子中，將旅程中需要用到的東西收集起來，全都塞進我的紅色袋子裡。

我知道當媽媽把我做的事情告訴羅漢和露帕時，他們一定會哭，但是他們可能也會覺得欽佩——他們跟我一樣，非常希望爸爸回來。

我擦擦眼睛，「彼此互相照顧，還有對媽媽好一點，」我輕柔地對他們倆說著。

然後，我跌跌撞撞地走向漆黑的廚房，用手電筒照亮我前面的路。當我打開食物櫃的木門時，它發出刮擦的聲響。我緊張地轉頭看了一眼，趕緊拿出兩顆芒果和兩顆煮熟的雞蛋，放進我的袋子中。

即使此時光線昏暗，濕婆神的雕像依然散發著金色的光芒。我將第二張字條塞到祂的腳底下。

「祈請您，濕婆神，」我雙手合十，低聲說：「加持護佑我的旅程。祈請照顧媽媽，還有羅漢和露帕。」

我將火柴拿起來，一起帶走。當我們在野外露宿時，必須生火才能驅趕所有的野獸。想到山野之間野狼成群、餓虎遍地，我的皮膚感到一陣麻痛，一股恐懼感席捲我的全身。

第九章

我將我們家的房子拋在身後，放輕腳步穿過被渲染成琥珀色的夜色，跑向傑凡家農場上的建築，血液在我的耳邊轟隆隆作響。我一抵達山丘的頂端，就蹲在那排顫動的苦楝樹後頭，以防萬一他爸爸提早到來。

距離遮棚只剩最後幾公尺時，我環顧四週，確定都沒有人，才小心翼翼快步走過去，但是傑凡已經在那裡了，正在滿載貨物的貨車前來回踱步。

「都沒問題了嗎？」我問，努力藉由昏暗的光線來看清他的表情。

他因為擔憂而皺起了眉頭。他將眼光從我身上移開，雙手交握，然後吹開落在臉上的瀏海。

真希望我的心跳可以慢下來，「怎麼回事，傑凡？發生事情了，是不是？」我的手心都出汗了，我很害怕聽到他即將要說出口的話。

他靜靜地開始說：「我非常的抱歉。我已經一遍又一遍地想過了，但是……」

「但是什麼？」

「我不能跟妳一起走。」

「你說什麼？」夜晚的空氣頓時沉重了起來，我發現自己難以呼吸。

「如果我出了什麼事情，媽媽會不知道該怎麼辦。」

「我不懂，傑凡。我以為你是我最要好的朋友……我以為你願意為我做任何事情。」

他嘗試著用手臂摟住我，但是我將他推開，衝出去。

我的臉在燃燒，「我不需要你。」我們兩個都知道這句話不是真的，這些話語在午夜的空氣中尷尬地飄盪著。

「妳、妳應該還記得我弟弟遭遇過的事情。」

「是的……你跟我說過。」傑凡的弟弟在五歲時發高燒，醫生沒來得及趕過來救治。我知道我該說些什麼讓他好過一點，但我就是做不到。

「我不能像他一樣，離我媽媽而去。」他說，用手臂抱住他自己，靠在遮棚邊。

我們兩個都沒說話。

「確實，如果我也發生了什麼事，我媽媽怎麼應付得來？」我放大我的低語聲說道：「那麼一來，她就既沒有爸爸也沒有我了！」我還記得她在晚餐時的沉默，以及她在眨眼間就流下淚水的樣子。我背對著他，我的喉嚨因為壓抑啜泣而發疼。

接著我的怒氣爆發了，「但是你怎麼敢？事實上是你強迫我去看那女巫的，是你跟我說我應該去找我爸爸，但是現在……現在到了最後一分鐘，你卻要留我一個人獨自去做這件事！」我轉過身，狠狠地打了他的手臂，然後低頭看著地面，不讓自己哭出來。

「喔！不要這樣！好了，我非常抱歉，愛莎。」他抓住我的肩膀，試圖將我的臉轉向他，「看著我。」

但是我用力掙脫他的控制，跺著腳走開。

現在我渾身發抖，眼前猶如戴著一層水面紗，什麼都看不清，並且意識到我的心已經凝結成一個緊緊握住的拳頭，要反對所有他說出來讓他自己好過一點的話。

「我保證我會幫助妳媽媽，也會照顧羅漢和露帕，把他們當作我自己的小弟弟、小妹妹。我……我不會讓那個叫做米娜的女人或她手下那批惡棍靠近農場一步。」

我緊緊抱著我的手臂，拒絕說話。

「也許等我們到了市場，我再給妳一個可以離開的信號？」

我閉上眼睛，抓緊我的吊墜。

娜妮吉，如果您正在聆聽，請幫助我變得強壯，幫助我走上這段旅程。

傑凡在他的袋子中摸索著，遞給我一張地圖。

我把它推開，「不用擔心，我已經拿著我自己的地圖了。」我的聲音在顫抖，「我把所有的東西都仔細測量過……我不需要你的。」

「喔……那妳自便吧。」他朝著離開遮棚的小路走了幾步，轉過身，好像就要走了，但又扭轉回來面對我，「妳要不要？」

我湊近一點，從我的睫毛下方盯著他，看著他在幾近滿月的月光下展開地圖。路徑被不同的顏色突顯出來，沿著道路有可以逗我開心的趣味小圖示，他甚至還把我們最喜歡的星座放進裡面。

但是當他把它推給我，我依然沒接過來，所以他把地圖捲起來，放進我的袋子裡。我固執地保持沉默，但是把它留下來了。

「我不知道妳是否想要它，但我還是帶過來給妳。」他拿出去年他爸爸送給他的生日禮物——摺疊小刀，「這會派得上用場的，而且妳比我更需要它，我也幫妳削了幾根棍子，以防萬一情況需要，妳可以拿來當作武器。」

我不太情願地接下了他所提供的東西，即便猛烈的失望感在我的喉嚨裡像燃燒的線圈一樣閃著強光，但是我只能聳聳肩，假裝一副根本不在乎的樣子。

他的臉色僵硬，彷彿拚命不要讓自己的感情流露出來，「我在貨車裡面放了一條毯子，這樣坐起來比較柔軟些……我會在大約一個小時之後回來，等我們一抵達索拿哈爾，我會確保讓妳離開。妳一定可以辦得到的，愛莎，妳很堅強的，要記得這可是寫在妳的掌紋之中。」

他留下我獨自一人，只有廣大無垠的夜空包圍著我。部分的我，想要跟著他盡快地跑回家，叫醒媽媽，跟她說我有多愛她。我多麼希望他會轉過身來，叫住我，跟我說他改變心意，但是他離開了，我只聽見冷颼颼的山風在山谷中呼嘯而過。

窪地裡的村莊房舍在灰白色的燈光中彼此緊密地挨著，在濃濃的霧氣中籠罩著幽靈般的暗影。

現在我不確定自己還能相信契塔拉古波塔的什麼預言了……除了我自己，沒有任何其他人。

我的內心非常緊張煩躁，但是我要根據媽媽告訴過我的那樣，自己解決事情，自己做好決定。我抓住我的吊墜，感受著它的能量和節奏所釋放出的一股無形的力量，我彷彿穿越時光，回到過去，觸及了古老的靈魂。

最後我終於再度找回自己的話語，它們從灰燼中展翅高飛，猶如鳳凰浴火重生，充滿了復活的力量。我甩開頭髮，感覺到冰涼的微風將它往回吹。

「我是有著青山般翠綠眼眸的愛莎，」我怒吼著：「我要像無畏的女戰神杜爾迦一樣，騎在琥珀色條紋的老虎背上，射出如火焰般熾熱的箭矢，釋放我對不公正的憤怒！我要帶我爸爸回家！」

第十章

貨車向前傾斜著，韁繩一抖，我們開始前行。我的內心猶如牛奶要轉化為奶油那般，翻騰不已。

我把蓋在身上的罩子掀起一英寸，最後一次透過一層層的棉花植被，凝視沉睡中的穆爾瑪納利。萬物一如往昔，除了我正要離開，就跟爸爸在幾個月前所做的一樣，那時我把臉埋進他的夾克裡，那夾克散發著所有我們曾在山腰上升起的煙火味，當時我請求他要盡快回家。

月亮和星星在我的上方閃耀著，一如曾經為他所做的那般，它們是充滿希望的燈塔，為我旅程的首日，送來祝福。隱祕的晨光掩映著甘蔗田，我無法移開我的視線。我看著我的村莊逐漸變成一座遙遠的小小山丘，上面織著我所熟知與熱愛的一切事物。

貨車喀啦喀啦前行，直到我已經完全無法感知我們到底在路上走了多久，但是我很確信現在媽媽已經發現了我的第一張紙條，上頭會告訴她，我已經出發去寺廟為我們大家祈禱了。這會取悅她，但是稍後等她去點燃提瓦燈，發現第二張紙條時，她就會知道我說謊了，想到這，我隨即把這個影像揮開。

貨車突然往前一個晃盪，我的頭猛然撞向一側，我趕緊阻止自己痛呼出聲。外頭加速的馬達聲和嗶嗶響的喇叭聲，鑽進了我的腦袋。

我聽見腳踩地面的聲音，然後是一陣沙啞的說話聲。我將身體轉向前方，縮進角落，悄悄地掀開罩子的一小角，往外瞧。

我們停在一個迪哈巴攤位（注17）前面，就跟很久之前我們全部的人都去幫媽媽過生日的那個小攤子一樣，攤販正要把搗碎的米撒向一個巨大的塔瓦（注18），以準備製作早餐餐點——酥脆的多賽（注19）。他舀起香辣的馬鈴薯內餡，塞進圓呼呼的薄煎餅裡面，我的胃部被刺激得發出咕噥聲，特別是在我瞥見傑凡正往嘴裡塞進一大片時。

正當我開始希望昨晚再給他一記重拳時，我看見一根長長的紙吸管從罩子的一角被推了進來。我用手指抓住它，趕緊塞進嘴裡；是新鮮的椰子牛奶！我充滿感激地將它吸進我乾渴的喉嚨裡。

打從傑凡讓我失望以來，我第一次感覺到我心上的冰塊為他融化了一小角，但是到了下一個心跳，一想到他違背了承諾，我的怒火又回來了。

一旦我們抵達索拿哈爾，我就得自力更生，自行應付發生在我身上的任何事情，一想到這些，我的怒火再度狂燒。

我們又開始移動了，我差一點來不及鑽進罩子下方；公牛的蹄子踢踢躂躂地沿著鵝卵石路面前往市場，微苦的汽油味從罩子滲透進來，嗆到了我的喉嚨。我們越來越靠近目的地了。

我們突然停住了，我聽見傑凡和他爸爸跳到地面上發出砰地一聲。一陣窸窸窣窣聲之後，粗麻布敞開，光線湧進貨車內。我盡可能地陷進棉花的最裡面，把自己縮到最小，恐懼纏繞著我的全身，將我釘在原地。

「爸爸，你拿一些棉花給他們，如果他們想要，我再將剩下的拿過去。我會處理的。」

只是傑凡而已……我終於鬆了一口氣，重新坐回令人發癢的棉花之間，聽著聲音轉為安靜，靜待他說他會給我的信號。

我保持著僵硬的姿勢，不敢亂動，似乎經過了永恆那麼久，就在我以為他把我忘了的時候，他掀開了遮布。

「現在沒有人了……」傑凡低聲說。

我的手臂和腿都像灌了鉛，沒辦法動，我只得強行將它們從我的下方移出來，用意志力讓它們開始行動。我摸索著我的袋子，設法從貨車上滑出來，著地時還癱倒在堅硬的地面上。我的身體好似著了火，針刺般的感覺差點兒讓我哭了出來。我把自己的兜帽拉到頭上，一跛一跛走進忙碌的市場，不顧一切地希望能在不被看見的情況下走開。

我用盡了所有的意志力，才沒轉身回頭去找傑凡，而是兩眼直視前方，匆匆穿行於路邊攤之間，這些攤位的盡頭猶如迷宮深處，而我的吊墜隨著我的心跳合拍跳動。

清晨的購物者在狹窄的通道上擠來擠去，我盡可能避開他們。但是有位腳踏車騎士從我身邊飛馳而過時，發狂按著他的車鈴，在我頭頂上方大吼大叫，把我撞到一位穿著漂亮紗麗的女士身上。她戴著淡茉莉花的花環，一副準備要去寺廟的模樣，她的前額正中央有顆精緻的紅色人工痣。

「小心，貝蒂（注20）！」她和藹地說。她的身上聞起來有一種剛出爐的烤南餅（注21）香氣，她讓我想起了媽媽，我的胃因此而抽痛。

我拿出我的地圖，放在身前，凝視著今天早上我圍著穆爾瑪納利圈畫的那顆心，與一路延伸到贊達普爾這兩地之間的距離。

「奶茶，」在我左手邊有個很大的聲音正在喊著：「熱呼呼的奶茶。」那男孩跟我差不多一樣高，手中拿著一個金屬托盤，上頭擺滿了叮噹作響的玻璃杯，以及熱氣騰騰的椒香茶。他撞上了我，地圖因而飛落到一個很深的水坑裡。當我追著我的地圖，跳進水裡，我的兜帽從頭上脫落，我盤起來的長辮子散了開來。

「看好妳要去的路好嗎，妳這個白痴的冒失鬼，妳差點兒害我把奶茶給灑了，今天早上我就別想賺到錢了。」那男孩又嘟囔著幾句咒罵的話，一頭鑽進那擁擠不堪、似乎盤旋到永無止境的攤位之中。

「對不起……我不是故意的，」我在他後面喊著：「這只是個意外。」我把溼漉漉的地圖從水坑中撈出來。上頭的墨水在流動，紙張在我的手中碎裂。現在哪還能用？我把它棄置在一疊空箱子上面。

我躲進一間小木屋，它上頭掛著一個搖擺的標示，上面寫著「廁所」。我深深吸了一口惡臭的空氣，試著想清楚該往哪裡去，以及下一步該做什麼。如果傑凡的爸爸發現了這件事，過來追我怎麼辦？而一旦媽媽明白我已經走了，她會打電話給警察，我得想辦法做一番偽裝。

我用力拽下我的兜帽，用手撫過我的辮子，心裡明白我必須放棄它。我不能哭，這只是頭髮，不值得為它哭，但是一想到這些年來，媽媽花了那麼多時間來幫我梳理、上油，就是希望它長得更長、更厚、更柔滑……我得趁著自己喪失勇氣之前，趕緊拿出傑凡給我的摺疊小刀。我打開刀口，一把扎進我的辮子裡。頭髮很厚，很難割斷，我把刀片來來回回地拉動，費力拉扯著髮絲。

今天早上我編進髮辮裡的羽毛掉了下來，飄到地板上。

「爸爸，這是為你所做的犧牲。」

我拾起羽毛，穿進我剪下來的辮子中，放進我的袋子，準備等我一抵達恆河的源頭，就要像濕婆神一樣，將它釋放到新生的河水中。

我親吻我的吊墜，最後一次拿起摺疊小刀，繼續把我的頭髮割得更短一點。

注17 迪哈巴攤位（DHABBA STALL）：路邊攤，專門販售新鮮的熟食。

注18 塔瓦（TAVA）：平底鍋。

注19 多賽（DHOSA, DHOSAY）：用平底鍋烹調的米糊煎餅，以五香馬鈴薯為內餡。

注20 貝蒂（BETAY）：親愛的（向孩子表達關愛的用語）。

注21 南餅（NAAN）：一種大圓盤狀烤餅，在印度、巴基斯坦等地被普遍食用，是以麵團加了牛奶、雞蛋、酵母等，發酵後烘烤而成。

第十一章

我環視著所有的方向，飛快地從雲集的攤位中跑出來，離開市場，朝著火車站的標示前進。

太陽燒烤著我的後腦勺，我想起了媽媽，她現在應該在忙著打理雙胞胎，或者正在煮東西。她可能正在做我最喜歡的五香雞蛋麵包，我一向都是把它塗滿從我們家蜂房滲出來的蜂蜜。稍後她才會去點燃提瓦燈，所以現在她應該還沒看見我的第二張字條。她會以為我正在山腰，或著正在照料牛隻，而不是從家裡跑了出來，正身處索拿哈爾的城中。

我開始穿越混亂的道路，走向分隔島中央一棵苦楝樹，周遭交通繁雜，空氣濃濁，充滿烏煙瘴氣。

計程車對著漫步的牛隻狂按喇叭，一位嘟嘟車（電動人力車）的駕駛差點兒直直撞上了我。當我終於抵達分隔島上，我跳向那棵樹，緊靠著它，擦掉臉上的汗水。

在對面的人行道上，有一棟古老的石頭建築，在它寬敞的雙門上方有個標誌：索拿哈爾火車站。

我又重新回到馬路上，直至來到出入口，那兒躲著兩隻鬼鬼祟祟的狗，牠們正低垂著頭，嚼著一些善心乘客扔給牠們的帕拉塔（注22）碎片。

我希望自己死後不要變成一隻狗的樣子回來，靠著乞討食物維生。我們的神聖教義說：「你永遠也不知道在你的來生中，可能會變成什麼動物。」這時，我想起了娜妮吉，以及花園中的胡兀鷲，不知道牠是不是真的是她。

我將巨大的門推開，跨入一間面積超大有回聲的大廳，它有著高高的玻璃天花板，裡面擠滿了人潮，他們手中拎著沉重的手提箱，頭上頂著成綑的行李。

幾百隻吵雜的麻雀飛過來又飛過去，在地面上吱吱喳喳啄食。

我立即看出來大廳裡面擠滿了警察，我低下視線，稍稍轉身確認沒有人跟蹤我，然後讓自己慢慢混入人群中。我跟隨著人潮緩緩移向大廳的另一頭，茫然盯著一塊高高的告示板，上頭有著一整列我只在地圖上或地理課上看過的地名。我知道我必須去喀拉普爾，但是在這上頭完全找不到這個地名。

儘管這裡非常的悶熱，我還是不好意思把兜帽拉下來，但是我的腦袋越來越燥熱，我的思緒開始在我周圍轉著困惑的圈圈。也許我得先找到一班開往喜馬拉雅山並且中途有停靠在喀拉普爾的火車，或者這座車站在另一個地方還有另一塊告示板。

我蹲在地板上，背靠著一根清涼的柱子，再次盯著那一排火車目的地的名單，努力思考著自己應該做什麼。現在我不情不願地感激著傑凡留給我的地圖，把它掏出來，鋪在地板上，找出所有他測量過、並用不同顏色標示出來的地名。

跟我的比起來，他的地圖更加詳盡。雖然他寫的數字非常的潦草，但是我可以看得出來，他寫著從這裡到贊達普爾要四百英里，而我一想到他的背叛以及怯懦地讓我獨自做這所有的事，我又變得怒不可遏。

當我還在研究著地圖時，突然有個奇怪的感覺：有人正在看著我。我的視線繞過柱子，看向擁擠的大廳，但還是無法弄清楚會是哪個人。也許傑凡的爸爸發現了，跑去找警察；這附近到處都是警察。我的心抵著肋骨發出巨大的撞擊聲。

我把兜帽猛然往前一拽，盡可能將它拉近我的臉龐，然後一路低著頭，往火車站內較繁忙的區域移動。

我意識到有人靠近我的背後，我正打算拔足狂奔，但是有隻手放在我的肩膀上，阻止了我。我轉過身。是警察嗎？

「不要打擾我！」我出聲大喊，正準備要竭盡所能的自我防衛。

「愛莎……是妳嗎？」

我不敢相信……有個硬塊哽在我的喉嚨裡，「傑凡！你在這裡做什麼？」我把兜帽往後推，以便可以好好地看著他。

「我已經找妳找了好久。我不確定是不是妳。」

「所以真的有個人正在看著我！」

「我想了又想，」他扭著他的友誼帶子，「到最後，我實在不能讓妳一個人走……所以我趁著我爸爸忙碌的當下跑來找妳了。」

我猛然張開手臂環住他，用盡全力緊緊地抱著他。

傑凡變得滿臉通紅，揮舞著手臂以防他自己跌倒，他清清喉嚨，「對不起，讓妳失望了！」他輕聲說著。

「我知道這過程一定很艱難，」我說：「但你最終還是來了，這才是現在最重要的。」

他的眉頭微微皺了起來，我知道他一定是正在思考自己所做的這件事，不知道他爸爸回家之後要怎麼跟他媽媽解釋。

「我看著妳離開之後，我一直想像著這裡會發生的種種危險，」傑凡說：「而我不能讓妳獨自一人面對。就像我們在學校讀過的那本書《三劍客》，『人人為我，我為人人』。」

「我們可就只有兩個人，」我說，好久以來首次開懷大笑，「假使你沒注意到的話。」現在他就在這裡了，我覺得體內彷彿注入了一股能量。

「你覺得我的新造型如何？」當我用手摸著自己剪短的頭髮，我臉紅了。傑凡還沒對這發表過意見。

「看起來……不一樣了，」他說：「用趣味一點的方式來說，像是個真正的朝聖者了。」他微笑著。

「或者說，是個戰士，」我補充道。

他突然開始踱步，「我們走吧，我爸爸可能已經注意到我不見了。他可能正在找我們，而且我很肯定他一定會去報警。」

我們擠入月臺上等候的人潮中。

「我們必須找一班能讓我們在喀拉普爾下車的火車。」我說。

「找人問問。找一張友善一點的面孔。」傑凡掃視了一下門口。

「這個人如何？」我指著第一個引起我注意的人。

我什麼都還來不及說，他就先插嘴了：「對不起，我媽媽想知道從這裡到喜馬拉雅高山區應該搭哪班火車？」

「我們必須到喀拉普爾，」我補充道。

那個男人指著繁忙的告示板：「半個小時後這裡會有一班車開往辛巴拉，」他說，一邊上上下下地打量著我們，「你們，你和你兄弟，要去呼吸高山清新的空氣啊？」當他說「兄弟」的時候，朝著我點個頭。

「是啊。」傑凡飛快地說。

「謝謝你。」我笑著說。

我感覺臉頰發紅了，但是我很高興我的短髮可以騙過別人。

我們趕緊走開，前往繁忙熱鬧的月臺。

「真不敢相信，那個男人竟然以為妳是個男孩子，」傑凡說，並用手肘推推我，「他一定是半瞎了。」

「這表示我的偽裝奏效了。」我聳聳肩。

「好啦，現在我們該怎麼搭上車？」傑凡改變話題問道：「我身上沒有帶錢。」

我看著我的錢包：「我也沒有帶很多，這絕對不夠買兩張火車票。我們只能偷偷地上車。人這麼多，他們可能查不到。」

但是身著暗色制服、表情恐怖的警衛遍布整個月臺，他們對著群眾發號施令，引導大家走向火車，查驗車票，管制著這片混亂的場面。

傑凡看著他們，瞪大了眼睛：「那些警衛身上有警棍。如果我們被抓到了怎麼辦？」

「我不知道，」我握緊了拳頭說：「我只知道，我們一定要試試看，試著搭上那班火車。」

注22　帕拉塔（PARATHA）：多層全麥薄餅，裡頭填塞了馬鈴薯，並塗滿奶油。

第十二章

我們緊貼著月臺的牆壁，盡量讓自己不被注意到，特別是要遠離那群到處昂首闊步的警衛，他們猶如惡狼，隨時就要撲過來查驗車票——而我們沒有車票。

「快點，快點，」我一心希望火車趕緊出現，「火車再不趕快來，警衛一定會發現我們。」

「等火車一到，我們就混入人群的正中間，騙過他們。」傑凡說，不耐煩地轉來轉去。

終於，月臺上的擴音器帶著嗤嗤嚓嚓的雜音，播出了一段聲明：

「開往辛巴拉的火車即將進站。往後退，往後退。」

當隆隆作響的火車慢慢駛進火車站，我的心開始劇烈狂跳，幾百隻搖擺的手從小小的方型車窗伸出來。火車停下來時，發出嘶嘶聲與尖叫聲，鐵輪子在空中迸出了火花。

「來吧，傑凡——快一點，趁他們全都忙成一團。」當人群湧向開啟的車門，開始擠進車廂，我們趁機融入其中。

「離我近一點，」我喘著氣緊緊抓住傑凡的袖子，「我們一定不能把對方弄丟了。」

其他的乘客也開始爬上車廂，他們的袋子、行李箱和身體推擠到我們身上，我快要不能呼吸了。

在我們前方有一個家庭帶著許多孩子，我朝著他們擠過去。「我們過去跟他們待在一起。」

「好啊……我們過去……」傑凡低著嗓子說道。

「請拿出車票，請拿出車票……」就在我們正要往前跨步時，有人在我們前方高聲喊著。

一位穿著制服的警衛從前面一位父親的手上接過一張車票，看著票面。

「幾個人？」他問道：「那兩個男孩子也是嗎？」

那個男人看了我們一眼，然後用手臂環住他的孩子們：「只有這三個才是。」他說。

警衛揮手讓他們進去，然後皺著眉盯著我們。我的內心充滿了恐懼和失望。

「那你們呢？」警衛低下了臉，「你們的票在哪裡？」

我假裝在袋子裡翻找車票，雖然我明知裡頭什麼都沒有。

「一定是掉了……」我說，看著傑凡。

「掉了？」警衛露出厭惡的表情，「比較像是根本就沒買吧，現在，下車。」他將我轉過身，手放在我的背後，將我從火車上推回人群中。我被推得撞上了一位提著一籃水果的婦人，水果因而掉了滿地。

「喂，走路要看路啊！」她生氣地大叫。

我開始幫忙撿拾水果，但是傑凡扯住我的袖子，將我從那位正要打我的婦人身邊拉開。

「我們趕緊離開這裡，」他催促著。我們從人群中擠過去。

「現在我們該怎麼辦？」我滿心挫折地問道：「我們一定要坐上這班火車。」我上上下下地打量著月臺，有一端空曠許多，幾乎沒有警衛。

「快點。」我們快步走向月臺較安靜的那一端，停在幾節沒有任何窗戶的車廂旁邊。

「這些應該是用來裝貨的……」火車鳴笛聲響起，傑凡跳了起來。

「傑凡！」我大喊著：「火車就要開走了，我們一定要上車。」

火車往前搖晃了一下，又停了下來，我們在火車邊奔跑。

「趕快！」我將手指硬塞進其中一道車門的小縫隙，用盡全力猛拉，但是那扇門文風不動。

「開！」傑凡大叫，試圖強行撬開。

「不行，讓我來。我的手指頭剛好塞得進這個縫隙。」這次我用力推，直到我的臉變得通紅，彷彿就要爆炸了，「一，二，三。」我再次使盡力氣，終於車門滑開了，有碎片刺進我的皮膚裡。我將手掌壓在車廂上，將自己舉起來進入車內，傑凡緊跟在我後頭。

「呼、呼、呼！」他氣喘吁吁地，依然趴在地上，「我們做到了！」

我們推著門將它再度關上，儘管外頭陽光明媚，裡面卻幾乎沒什麼光線。空氣中瀰漫著潮溼稻草的陰冷氣味，在陰影中，車廂後半部堆置著形狀幽暗的物體——我知道了，應該是麻布袋。

「我們躲到這些東西後面，」我說，這時遠方傳來一聲尖銳的鳴笛聲。我們蹲下身子躲在麻布袋的後面，當火車加快速度，嘰嘰嘎嘎駛上鐵軌，地板傳來低沉的震動。

傑凡咧著嘴對我笑。

興奮和恐懼同時充斥著我的身體，「我們要出發去找爸爸了……終於。」我在麻布袋後面跪下來，看著索拿哈爾被粉刷成白色的建築，從車門上的小裂縫飛掠而過，「而我們要共同面對所有的危險。」

傑凡在他的袋子裡翻找，拿出一個用綠色香蕉葉包起來的東西，遞給了我。

「瞧瞧我從迪哈巴攤位幫妳帶了什麼東西。」

我小心翼翼地打開大片有脊狀的葉子，就好像它是全世界最棒的禮物。

「原來你是有想著我的，」我把香辣的糕點塞進我的口中，帶著鹹味的馬鈴薯餡兒在我的舌尖上融化，「這實在是太棒了……謝謝你。」我嘟囔著，品味著最後一口的美食。

「我覺得你應該把你的頭髮盤成一個頂髻，」我補充道：「最近它長得好長。這樣我們兩個就會變得不一樣。」

傑凡把頭髮從臉上拉開，往上堆高，「妳覺得怎麼樣？我媽媽一直希望我把頭髮留長，做一個錫克好男孩。」

我把從我辮子上解下來的帶子拿給他，他把帶子綁上去。

突然間，我的手掌冒汗了。一個不知來自何方的可怕念頭，閃過了我的腦海：「萬一在我們找到爸爸之前，警察就先逮到我們呢？到時候我們的麻煩可就大了，而一切都將徒勞無功。」

「我們不能讓這樣的事情發生，」傑凡捏著我的手臂說：「我們會找到妳爸爸，所有的事情都會解決的。妳等著瞧好了。」

第十三章

當火車沿著陡峭的山路緩慢地蜿蜒前行，吱吱嘎嘎地奮力越爬越高，我那原本昏昏欲睡的腦袋，被搖醒了。夕陽金黃色的光芒從縫隙斜斜地勾進來，然後像蜂蜜一樣漫延到車廂裡。

現在媽媽絕對已經發現我的第二張字條了。她會奇怪我為何沒有點燃神龕裡的提瓦燈，因而自己過去動手點燃，然後當她低頭看著濕婆神的腳，她又會奇怪是誰在那下面塞了一張字條。她會發出一聲尖叫，而羅漢和露帕則會開始哭泣，詢問我到哪裡去了。

我把手伸進牛仔褲口袋，拿出那塊杯子的碎片，我感受著它粗糙的表面，喃喃自語：「我會讓妳感到驕傲的，媽媽，然後我很快就會跟爸爸一起回來。」

傑凡睡著了，他的背笨拙地靠著一個麻布袋。他的媽媽會等著他從索拿哈爾回來，他的爸爸可能正在沿街搜尋他。但是現在我們必須成為彼此的家人，而我會照顧好他，就像他的弟弟會照顧他那樣，他的弟弟在傑凡有機會真正認識他之前，就已經去世了。

我飛快看了一眼外頭鋸齒狀的積雪山巒，它們往上延展到天際，往前則綿延到喀拉普爾以及喜馬拉雅山的荒野。

爸爸跟我說過，這塊土地屬於有著琥珀色眼睛的老虎和雪豹，只要我們位於山麓丘陵的村莊下了雨，那上頭就會下雪。他還說，有時候，雪出乎意料地崩落下來，形成巨大的雪堆，特別是在每年的這個時候，人們就會被困住好幾個星期。

我突然有點恐慌，試著去想像如果是我們身處在這層層的積雪之下，要怎樣才能存活下來。

火車開始減速，剎車器終於發出尖銳刺耳的聲音，火車猛然停住了。也許我們已經抵達喀拉普爾，或者是另一個火車站？

「傑凡，」我輕輕地推推他的肩膀，「傑凡，醒醒。」

他眨眨眼：「怎麼了？」

「火車剛剛停了，但我不知道我們是在哪裡。」

車廂外頭的地面傳來腳步聲，引起我的恐慌：「如果是警察正在查找兩個逃跑的人怎麼辦？」我的心劇烈地跳動，快到我都以為要爆炸了。

過了幾秒鐘，有隻手將車門拉開，我們在麻布袋後面將自己儘可能地蜷縮起來，避免被看到。

「把它們卸到這裡來。」

我盡可能地讓自己隱形。拜託不要發現我們。

光線湧進車廂內，剛好照亮了我們躲藏的地方，我以為我們就要被發現了，但是外面的人繼續交談著、笑著，往火車裡卸下更多的麻布袋。

原本有一瞬間，我以為我們躲過一劫了——但是，接著我聽見傑凡正在強忍噴嚏的呼吸聲。我祈禱他能忍得住，但是他沒辦到，竟然爆發出一個巨大的噴嚏聲。

當我聽見麻布袋被人從地板上拖開，我心跳加速，我們正前方的麻布袋被舉了起來。

「這是什麼？」那個男人一臉困惑。

我拉著傑凡的手臂起身，我們兩個開始狂奔，但是那個男人輕而易舉地擋住了我們的出口。我的手掌變得溼冷。他會怎樣處理我們？

「請不要告訴查票員……」我請求他。

他遲疑了一下，回到月臺上，在那一瞬間，他看起來像是要關上門。

「抱歉……」他聳聳肩。

一位火車的警衛急匆匆地在他背後出現：「怎麼回事？」他問道。

「我剛剛正在卸貨，」他說：「發現這些孩子躲在麻布袋後面。」

「偷渡客？」警衛問道，當他看著我們，狹窄的眼睛瞇成了一條縫。

我們正準備要跑。

「喂！」他吼叫著，在我能溜走之前，粗魯地抓住了我的手臂，將我從火車上拽了下來。我摔落到堅硬的地面上，腳踝因此扭傷了，但是我沒有大叫出聲，雖然痛楚燒灼著我的腿。

傑凡從車廂上跳出來，在我身邊著地：「妳還好嗎？」

「還好。」我說，勉強地爬起來。

「如果你們這兩個男孩子偷了東西，我一點兒都不驚訝。你這裡面有什麼東西？」他想要將手伸進我的袋子裡。

「我們不是小偷，」我說，並將我的袋子搶回來，「把你的手拿開。」

「來吧，愛莎。」

當汽笛聲響起，車門全都砰地一聲關上了，火車從我們身邊蜿蜒離開，駛向喀拉普爾的雪山，而我們被遺留在月臺上，身邊只有警衛。

「拜託，請讓我們離開，我們不是小偷。」我再說一次。

他看著我們，眼睛瞇得更厲害，但是他應該是決定相信我了——也或許是因為我們不值得讓他那麼麻煩。

「離開這裡，」他說：「在我還沒叫警察之前。」他雙臂抱胸站著，看著我們從冷冷清清的月臺走開。

「現在我們該怎麼辦？」傑凡問道。

「我不知道……」我說，拚命不讓自己哭出來，我的腳踝每走一步就抽痛一下。夜晚出奇的安靜，有隻狩獵的貓頭鷹發出怪異的叫聲，劃破此刻的寂靜。

「妳覺得這裡距離喀拉普爾有多遠？」傑凡問道。

「說不定並不會太遠。」我的聲音很小：「讓我們看看你的地圖。在我離開索拿哈爾之前，市場上的一個男孩子害我把我的地圖掉進一個大水坑裡。反正，你的地圖好多了。」

「火車站上的標示寫著『拉汗』……」傑凡說，稍稍振作了起來。

搜尋了一陣子之後，我用手指點著我們被趕下來的那個小鎮。

「我們在這裡。」我沒辦法開口繼續說，但我們跟喀拉普爾，跟高山，以及另一邊的贊達普爾，還有很遠很遠的距離。

傑凡看著地圖，然後看向我，「所以我們離得還滿遠的。」

在我們說話的當兒，黃昏在我們周圍展開黑色的斗篷，而我們知道，很快夜晚就要夾帶著它的種種恐怖緊跟著登場了。

「沒錯，」我說，真希望我們可以展翅高飛，「我們離得還遠得很。」

第十四章

我們從車站離開，沿著崎嶇泥濘的道路，開始艱難地跋涉，在寒冷的高山空氣中瑟瑟發抖，我們想在夜晚降臨前抵達喀拉普爾的希望破滅了。

傑凡不敢跟我對視，他的視線一直固定在地面上：「我不是故意要打噴嚏的……我試過了，但就是沒辦法壓下來。」

「那不是你的錯。」我說。對於發生的事情，我也很惱怒，但是我知道我們必須把它拋到腦後。

他深深地嘆了一口氣：「爸爸現在應該已經回家了，他必須把我做的事情告訴我媽媽。」

我從未離家在外頭過夜，想像著我的空床就在羅漢和露帕的床的對面。如果他們在夜裡醒過來，一定是我最先聽見他們的聲音，而我知道他們已經在想念我了。

「只要一有機會，我們就寄一張明信片給他們，那麼他們至少會知道我們是安全的。」

他聳聳肩，就好像沒辦法甩開對自己的惱火。我知道他對於我們被趕下火車感到很難過，但是我不希望讓他感覺更糟糕。

我吞下自己的失望，「我們得堅強起來。我們一定還會遇見更多像警衛那樣的人。」

「那個人對我們根本一無所知，他沒有權力把我們當成小偷那樣對待我們。」他一邊說，一邊用力地揮打著一株長在路邊的高大繁縷。

「我們知道我們正在進行一趟重要的旅程，」我一蹶一拐地跟他並肩而行，一邊說道：「不管他說什麼都不重要。」

此時，就好像有人一把吹掉蠟燭，光線突然在我們眼前消失。

「我們去找個可以睡覺的地方，我們可能會找到一座舊農場建築之類的。」我在離道路不遠的地方發現一棵高大的開心果樹，「要不就睡在那下頭？那就跟我們有時深夜在芒果樹下露營一樣。」

「好啊……樹幹底下正好可以給我們掩護，」傑凡說：「而且它還可以幫我們遮雨。」

我們踩著沉重的腳步橫跨泥濘的原野，走向那棵樹，它的枝幹上掛滿了堅果，幾乎垂到地面上。

「我們在這裡會很安全的，」我說，噗通一聲坐到這座天篷旁邊，「而且你瞧瞧，我們甚至還能舉辦一場盛宴。」我從地面上撿了一把灰白色的開心果，開始撬開它們，再將空殼鋪在地面上排出圖案。我撿了一根乾的細樹枝，扎進土裡，再從我的袋子裡拿出一根火柴擦亮，將細樹枝點燃。

「我可沒錯過點燃今晚的提瓦燈。」我雙手合十，「濕婆神，請保佑我們的旅程，照顧我們的家人，護佑他們安全，直到我們返家。」

傑凡將手放在頭的後面，躺下來，「還真不賴。食物，庇護所和祈禱。」

我讓臨時搭建的提瓦燈替代品自行燃盡，「今天早上我在袋子裡放了蛋和芒果，但是我們把那些留到明天，現在先來處理這些堅果。」

「真要這樣？」傑凡看起來很失望。

「我們要謹慎使用補給品，而且這裡有許多堅果。對你來說絕對夠了！」

我拿出爸爸的圍巾，它幾乎跟披巾一樣大，我把它鋪在堅硬的地上，「過來這裡……這是一張很棒的床呢。」

我們躺在大樹形成的庇護所下，夜色猶如大鳥展翅，突然對著我們俯衝而下。星星開始劃破天空，就跟在穆爾瑪納利一樣，但是我不敢相信這些星星和照耀我們牧場與農場上的星星是同樣的。我想著在幾百里之外的媽媽，必須自己一個人做所有的工作，但是我把心一橫，阻止自己再去想家裡的一切。

「所以咧，妳想家了嗎？」傑凡問。

「想啊。」

「我也是。」

我用手肘撐起自己，「好了，傑凡……我的計畫是這樣的。明天我們繼續走向喀拉普爾，來到位於卡薩雷的聖殿，然後在不知不覺中我們就到達贊達普爾啦。我們會找到爸爸，然後就直接回家，讓大家大吃一驚。」

「而且他們對於我們所做的事情會感到很驕傲，」傑凡興奮地說：「我們不要被這個挫折弄壞了心情！」

我們吃著柔軟的綠色無花果當晚餐，觀賞著天空慢慢變成繁星點點。

「看起來就像有人把提瓦燈扔到天空中似的。」我說。

「嗯，妳知道嗎?每一顆星星只不過是一個會發光的氣團，大多數是由氫和氦所組成，再藉由它自身的引力凝聚在一起。」

「是達利亞先生在物理課上跟你們說的嗎？」我問道：「那他曾經去過外太空嗎？把它們當作是提瓦燈感覺美好多了……你找得到獵戶座嗎？」以前在家裡的時候，我們很喜歡玩找星星的遊戲，我想用常玩的一個遊戲讓我們倆都開心起來。

「他的腰帶在那裡，」他凝視著天空說：「妳找到了沒？」

「找到了。」我抬頭望著連成漂亮一線的星星，「你可以看見他的弓嗎？」

「看到了，」他說：「那他的小狗呢？」

「就在他的腳邊。」我覺得自己放鬆了一點。

有群星劃過黑暗，掠過獵戶座的肩膀，天空因而不斷閃爍著。

「那意味著我們將會很幸運。」我說。

傑凡笑了，拖著腳走進樹冠之下，伸伸懶腰。「我們來睡一會兒吧。」

遠方有某種生物發出了深情的吠叫，在我想像中，有隻狼正對著滿月露出滿嘴的牙齒。我在樹枝下爬著，拖著腳靠近傑凡。

「那是什麼？」我問。

「那只是狗……」他打著呵欠說。

「你確信那不是某種更危險的東西？我們現在是在荒郊野外……而且你記不記得那些

故事，有個半人半獸的生物常常在喜馬拉雅山區出沒？」

「我以前就跟妳說過，那些都只是故事……火槍手他們到哪兒都能睡，也不怕任何東西，」傑凡說。

滿月升上來了，就像一個巨大的銀色派薩（注23），將蒼白的光芒投射到樹上。再六個星期就是排燈節了，我們要在那之前找到爸爸，然後他會幫媽媽償還債務，並寫信給尼爾舅舅，告訴他我們終究不會去英國。

「我已經上路了……」我輕聲說，聆聽著夜晚的嗥叫聲，感覺就像風中有個飢餓的靈魂。娜妮吉的溫暖金屬吊墜正抵著我的肌膚，我用手指緊緊地握住它。

注23　派薩（PAISA, PAISAY）：印度的貨幣單位，相當於英國的便士。一百個派薩，可兌換一盧比。

第十五章

我從一個夢境中醒來，很困惑地發現自己蜷縮成一團小冰球的模樣，身旁是正在打呼的傑凡，然後我才想起我們是怎麼來到這裡的。

睡在堅硬的地上，讓我渾身疼痛，脖子僵硬，我在黑暗中坐起來，凝視著樹外頭，揉揉眼睛。旭日初綻的光芒，從灰藍色的雲層間放射出來，盤繞在遠方的雪山上。

今天我們必須到達喀拉普爾，這樣我們才能盡快抵達贊達普爾，找到爸爸。

我搖搖傑凡：「醒醒，天已經亮了。」

一隻黑白相間的小鳥飛到樹下，並開始扒抓著地面。

我在掌上弄碎一顆帶有紫色條紋的無花果，伸出手說：「你會喜歡這個的。」

牠用喙啣去吃了一小口，然後從樹枝間飛走了。

「快一點，瞌睡蟲！」我拿出胡兀鷲的羽毛，用它刷過傑凡的眼睛。

「我在哪兒？」他突然坐起來問道。

「我們正在旅程中，記得嗎？兩名火槍手？」

「慢一點，愛莎，」傑凡打著呵欠說：「給我一兩分鐘讓我清醒過來……我們可以吃芒果了嗎？」他把手伸進我的袋子裡，找出芒果，開始用折疊小刀削皮。

「我們越快開始，就會越快找到爸爸。」

他繼續削著果皮，並說：「我很抱歉，」

「為了什麼？」

「我沒立即跟妳一起來……」他遞給我一片芒果，「妳幾乎都沒離開過穆爾瑪納利。獨自一個人來到這裡，真的需要莫大的勇氣。」

「其實我也覺得很抱歉——你絕對有好理由不一起來。我本想好好地跟你說再見，我想把你叫回來，給你一個擁抱，但就是辦不到。」

我從連帽衫的裡頭拉出娜妮吉的金色吊墜，凝視著它淚滴的外型。

「聽起來可能很奇怪，」我說，我現在已經比較能信任傑凡了，知道他就算還不是全然信服，但不會像過去那樣嘲笑我了，「當媽媽把這個給了我，我就知道我辦得到。每當我握著它，我都能有所感應……就好像有一股力量將我和我的娜妮吉連繫在一起。」

「我真的很想相信妳。」他深思地說。

我們默默吃完了其餘的芒果，

「把芒果核遞給我。」我用香蕉葉包裹住它，把其中一端塞好，作成一個小盆栽，又舀了一些深紅色的泥土到裡面。我用兩隻手掌托住它，閉上眼睛。

「甜美的芒果長啊長，」我唱著：「從穆爾瑪納利一路帶過來，為爸爸發出你最翠綠的嫩芽，讓他想起了家。」我把土壤壓緊，在它上面滴了些水。

「等我們到了聖殿，我要用神聖的恆河水塗在它身上。」我說，把它緊緊地包在爸爸的圍巾中，放進我的袋子裡。

我們沿著一條陡峭的道路前行，路邊長滿高大的喜馬拉雅雪松和野生玫瑰花叢，玫瑰的白色花瓣均已脫落，只留下胖胖的橘色果實。一隻音調優美、啁啾鳴唱的畫眉鳥飛落在樹枝上，看著我們，它有著深藍色的羽毛，上面夾雜著白色的斑點。

直到太陽都快升到我們頭頂上了，我們還沒看見任何喀拉普爾的影子，然後有輛卡車從馬路上呼嘯而過，猛按喇叭，輾碎了平靜，在滿布塵土和砂石的路上激起了滿天灰塵，彈進我的眼睛。

「我們已經走了多遠的路啊？」我放慢速度問道：「我真的好渴。」

「我不知道，」回頭望著我們走過來的路，傑凡說：「不過既然我們是越走越高，我確認我們將遇到一條溪流。」

我努力不讓自己想著這些，但是我的喉嚨乾渴，我的腳踝又開始疼痛。

「瞧那隻巨鳥，」傑凡驚奇地說，指著道路下方，「我覺得牠一直跟著我們！」

我遮住眼簾，看見了那隻鳥；牠一直飛在我們前方，每次我們停下來，牠也停，我的心小小雀躍了一下。那是一隻胡兀鷲。

「傑凡，你相不相信我們祖先的靈魂會通過動物生存下來？」。

「嗯……我不確定……聽起來是不太可能。」

我不管他的質疑：「我覺得是真的。我覺得這隻鳥就是在看顧我們。」牠會不會是我的娜妮吉的靈魂呢？

牠佇立在路邊的岩石上，繼續看著我們。當我們經過時，我跟牠揮手告別，就在牠飛走之前，我對上了牠黝黑的眼睛。

「靈鳥，快點回來喔！」當牠從我們頭頂俯衝而過，我大聲喊著。

我將我第一次看見這隻鳥時發現的羽毛拿出來，但願自己還保有長辮子，可以將它編進去。但是沒辦法，我只能拿它輕拍幾下我的臉頰，然後為了安全起見，將它放回我的袋子裡。傑凡走在我身邊，臉上微微皺著眉頭，就像是在試圖弄清楚他該相信什麼。

這一路上我們都是在爬坡，道路兩邊延伸成一壟壟陡峭的梯田，那上頭種滿了一排又一排熠熠生輝的矮小茶樹。許多人彎著腰俯在茶樹上方，他們揹著籃子，裡面裝滿了鮮亮的綠葉。

我昨天扭到的腳踝正在抽痛，我每踩一步，腿上就會爬滿尖銳的刺痛感。我停下來，靠著一根柱子休息。但是路上出現越來越多滿載一箱箱新鮮茶葉的卡車，呼嘯而過，我只能轉身離開。

「你覺得會不會有司機願意讓我們搭個便車？我真的很需要讓腳踝休息一下。」

傑凡伸出他的手臂：「我們試試看，下一輛說不定願意。」

但是沒有任何一輛卡車肯停下來。我不知道自己還能再撐多遠，但是我的腳踝已經哭嚎得無以復加。我在路邊頹然倒下。

第十六章

傑凡衝到我身邊。「妳還好嗎？」

我拉高我的牛仔褲，揉著我腫起來的腳踝。

「真的好痛啊，」我咬緊牙說：「但是我確定一定會好起來的。」

他將我拉起來說：「那我們繼續走。」傑凡看起來精力充沛，而且他是對的。

「每一步都很重要，」他繼續說：「來吧，抓緊我的手臂。」

我們一起拖著腳前行，每次我倒退時，傑凡就拖住我跟他一起走。過了很長一段時間，我們再次聽見轟隆隆的引擎聲。

「這一輛說不定會停喔。」傑凡再次充滿熱情地伸出手臂。

我的心雀躍了一下，因為這輛卡車慢慢減速了。

「我們可以說我們是要去找住在喀拉普爾的姑姑，」他笑容滿面地說：「人們會想要知道為何兩個孩子獨自旅行。」

卡車停了下來，一名留著濃密捲曲小鬍子的男人從車窗伸出頭。

「要搭便車嗎？」

如釋重負之感席捲我全身。

「是的！」我大叫著，努力讓自己的聲音可以蓋過卡車轟隆隆的聲響。

那名男人將門打開，我們爬了上去。

「喔，」那男人大笑著說：「你擁有這雙翠綠的眼眸，可以去演電影了！」

我垂下視線，看向窗外，不理會那個男人的評論……我最好是跟環境融為一體。鏡子下方懸掛著一張黑象女神卡莉（注24）的圖片，她的周身鑲著金箔，可以為駕駛帶來好運。在儀表板上則有一張他家人的照片，用毛絨絨的粉紅色相框框起來。

「你們兩個小伙子要去哪兒啊？」他問道。

「我們要去拜訪我們的姑姑。我們的錢丟了，從火車上被踢出來。她住在喀拉普爾的郊外，就在通往卡薩雷的路上。」傑凡小心翼翼地緊抱著我的手臂說。

這位司機點點頭，用腳猛踩加速器。當卡車加速前進，我透過側邊後視鏡看著後面的道路，在我們一路衝向城裡的途中，髒兮兮的灰色煙霧在藍天下不斷地噴發翻滾。

「我叫克里遜，很高興認識你們，」他說：「我沒到喀拉普爾那麼遠……有沒有關係？」

「只要能離得近一點就可以了。」傑凡說。

我很高興可以讓他負責談話的工作。我不想引起更多的注意，就算我刻意降低我的聲音，還是有可能引起他的懷疑。

卡車裡響起震天價響的音樂，鼓聲低沉厚重，節奏強而有力。

「最新的電影，」司機在胡亂跟唱中暫停下來，「你們知道嗎，我的表弟在寶來塢工作，開車載著知名的演員四處轉。上個星期，沙魯克·罕（注25）上了他的車耶。」他把儀表板當作鼓一樣地敲打著，而卡莉女神的圖片隨之晃動，就好像她也置身電影中。我碰了碰傑凡的腳，我們兩個都咯咯地笑了起來。

我們爬得更高了，梯田已經落在後頭，現在路邊長滿了野生的果樹，一路延展到地平線。我們不時地會經過一些路邊的小建築物，上頭掛著手寫的招牌，出售奶茶、椰子汁、帕可瑞（注26）和熱的馬鈴薯多賽。卡車急轉彎向上，在崎嶇不平的路面上搖搖晃晃，攀爬著山路，慢慢深入喜馬拉雅山區。

我們突然停了下來，我口乾舌燥地醒過來，舌頭僵硬得無法詢問我們到了哪兒了。

「第一站，迪哈巴攤位，」克里遜說：「現在距離喀拉普爾不遠了。」

「我們身上沒什麼錢……」我說，盡量不去想攤位上會提供什麼美妙的食物。

「這個攤位的男人，他欠我一個人情。這次就忘了錢這回事，好嗎？」

傑凡舔了舔嘴脣，看起來餓壞了：「謝謝。」他叫嚷著，打開車門，跳到路面。

我注意到這個攤位有個陳列卡片的架子，卡片上都已經貼了郵票：「我們來寄張明信片回家吧。」

「太好了，這樣他們至少會知道我們很平安，」傑凡說。

「而且等他們收到時，我們已經隔得老遠了。我想我們買得起一張。」

我找出我的錢包，給攤位的老闆一塊銅板，買了一張卡片，又跟他借了筆。我實在太熱了，便把連帽衫脫下來，綁在腰上，坐在一塊岩石上開始寫卡片。

親愛的媽媽、羅漢和露帕：

希望沒有我的幫忙，那些家務事妳還是能忙得過來。

傑凡和我會彼此互相照顧。我們已經距離找到爸爸又更近一點了。

我們會盡快回家的。

愛妳的愛莎

我把卡片遞給傑凡，讓他也寫些他的消息。

「這裡有郵箱！」他說，用一連串的親吻符號完成這張卡片，然後投進郵箱的開口。

「這是喀拉普爾這邊最棒的帕可瑞。」一位瘦小結實正在迪哈巴攤位上工作的男孩這麼說。

他站在一個箱子上面，以便能搆得著爐子。他直直看著我們，皺著眉頭，然後舀起新鮮的帕可瑞麵糊，投進寬闊的煎鍋中，油滋滋砸砸響著。在蒸氣升騰、嘶嘶作響之際，帕可瑞已經轉變成讓人垂涎欲滴的金黃色，他鏟起來添加到黃銅托盤上已經疊成高高一落的帕可瑞上。

「有人跟我說要免費給你們一些。」男孩說，遞給我們一個裝滿了食物的袋子。

「你們兩個怎麼會獨自旅行啊？」那男孩走過來，雖然我低頭看著地面，他依然將臉湊到我的面前，然後又懷疑地看著傑凡。

我轉過身，背對著他，咬了一口酥脆的帕可瑞。

「我和我弟弟要去見我們的姑姑。」傑凡說。

「真是個有趣的弟弟，」那男孩說：「很漂亮，是不是啊？」

傑凡突然臉紅了——那男孩猜到我根本不是個男孩子，但是我們兩人都不知該該怎麼回話。

傑凡站到那男孩和我之間。

「你這人是怎麼回事？」那男孩對傑凡說：「我敢打賭你喜歡她，對不對？」

我往回退了幾步，覺得我的臉頰已經漲得比傑凡的還要紅了。

怒氣像熱蒸氣似地從傑凡身上噴發出來，他衝向那男孩，用力地推他：「不要談論她。」

那男孩握緊拳頭：「如果你想打架，我絕對奉陪！」他將傑凡推回去。

「喂！」傑凡轉著圈圈，準備要出拳，但是那男孩的動作更快，他旋轉拳頭擊中傑凡的下巴，將他打倒在地。那男孩蹲伏在他身上，再次收回拳頭。

「放開他！」我大聲喊著，用力推他，「他曾經跟更壯碩的男人打鬥過，絕對超乎你的想像！現在趕快滾開，不要管我們。」我轉身背對他，對傑凡伸出手，幫他起身。

「真是個白痴！」傑凡說，拍掉身上的灰塵。

那男孩依然怒氣騰騰：「我知道我之前在哪裡看過你們了——在今天早上的地方電視新聞裡，有播出一則找你們的尋人通告。他們說你們逃家了，現在我可不像個白痴了，是不是啊？」他正打算從他的口袋裡掏出一支手機。

我的雙手緊緊地捂住了嘴巴，「喔，不要！」我大叫著，我的內心怒火中燒，「我們要在他打電話給警察之前趕緊走。」抓住傑凡的手臂，開始將他拉走，「我們還不能回家！」

克里遜和迪哈巴老闆從攤位的另一邊走過來。

「嘿，」路邊攤老闆冷不防地在男孩的後腦勺拍了一掌，厲聲說道：「我是付錢來讓你跟我的顧客打架的嗎？」

那男孩沉下臉來，回到他原先在熱油鍋邊的位置。

「孩子們！」克里遜一邊說著，爬回他的卡車，「不能再惹麻煩了喔，嗯？」

他笑著說：「那條路會帶你們前往喀拉普爾。」

「謝謝你的食物，還有讓我們搭便車。」傑凡說。當卡車開走時，我們主動跟他揮手告別。

我們朝著相反的方向出發，傑凡的眼底出現一絲憂慮。

我們不走大馬路，而是越野行走，以免遇見其他旅客，但是也盡量靠近道路，以便確認我們的方位無誤。我們經常轉頭注意四周。這條路徑比較傾斜和彎曲，有時離道路很近，有時又帶著我們遠離我們想去的地方。

「現在天色越來越暗了，」我說：「我想我們可以沿著道路邊走，應該不會被認出來。」

我們踉踉蹌蹌從砂質邊坡走下去，開始排成一列沿著柏油路前行。

突然間一道冰冷雪白的車頭炫光燈照射到我們，尖銳刺耳的剎車聲讓恐懼流竄過我的全身。我瞇起眼睛，辨認出那猶如幽靈般的輪廓是一輛警車。

「愛莎，跑！」

我們爬回陡峭的邊坡，腳下的砂石往後飛濺。

「等一下！」其中一名警員大叫。

我聽見幾名男人拚命趕上來時發出的沉重呼吸聲。

我們不敢停下來，一直爬到位於道路上方的樹叢。

「快一點，」傑凡大聲喊著：「上去那裡。」

我雙手顫抖地抓住樹枝，將自己吊到松樹上，傑凡緊跟在後頭爬上來。

「你們在哪裡？」從黑暗中傳來遠方的呼喊聲，隨後是一道模糊的手電筒光束，「下來！你們並沒有惹上麻煩。你們的父母很擔心。」

手電筒的光束越來越亮，當它剛好就停在我們這棵樹的正下方，我的心跳得更厲害了。我將樹枝抓得更緊。

傑凡抓住我的一隻手，但是他不敢開口說話。我的心猛烈跳著，恐懼與困惑充滿我的思緒。部分的我，想要爬下去，一回家就都安全了。但是我知道我一定得完成這趟已經開啟的旅程，否則未來根本就沒有一個完整家在等著我。

終於，手電筒的光束離開了。我們聽著腳步聲漸漸遠去，引擎聲在附近不遠處再度啟動。最後，我們冒著險從樹上爬下來。

我們繼續沿著荒涼的山間小路前行，越過因為下雨而上漲的河水，睡在雜草叢生的粗糙地面，除了野生水果，幾乎沒有其他的東西可以吃。在我們旅程中增加了幾天用於躲藏的時間，我的心裡堅信——我們一定不能被抓。

注24 卡莉（KALI）：印度教中與時間、世界末日和死亡相關的主要女神，據稱卡莉女神會消滅邪惡以保護無辜者。

注25 沙魯克．罕（SHARUKH KHAN）：印度寶萊塢當代最成功的男演員、節目主持人、製片人。

注26 帕可瑞（PAKORA, PAKORAY）：以鷹嘴豆粉製成的炒馬鈴薯和洋蔥鹹味小吃。

第十七章

我們前往卡薩雷的進度緩慢得令人難受至極。接下來的幾天，我們挑選雜草叢生、只有半開發的小路來走，但是盡量讓道路還保持在我們視線範圍之內。我們在樹下尋求庇護，在村莊和田野間蒐集任何可以入口的食物，並且不放過任何機會補充我們的水壺。

我的胃好像有個大洞，再也不會被填滿了，我總是幻想著如果能有一大堆媽媽做的新鮮南餅，那該有多美妙啊！每當咬下一口，裡頭就冒出熱氣，內餡還是乳製的潘尼爾（注27），而不是吃著現在我們只能找到的小小莓果。

「我好餓啊。妳的袋子裡還有別的什麼能吃的嗎？」傑凡停在一棵樹旁問道，他的頰骨在臉上形成了深深的凹洞。

「要是有就好了。」我停在他旁邊，我的腿在打顫，「這附近連隻雞都沒有。在喀拉普爾附近時，我們至少還能偷到幾顆蛋——我知道吃那些生蛋挺噁心的，但是至少能讓我們有力氣往前走。」

「可不是嗎……但那是很久以前的事啦。」他轉身面對我，我看見他的鎖骨從襯衫裡往外突出的樣子，陡然一驚，真希望我有東西可以給他吃。

「想想看，當我們抵達聖殿時，就能吃一頓朝聖餐。」

「當我們抵達聖殿時……妳就一直只會這樣說！」

「這可不是我的錯……我也很餓啊，你知道的。」

每當夜幕低垂，月亮逐漸縮小，這提醒了我：沒剩多少時間讓我去找爸爸了——距離排燈節只剩五個星期，也就是媽媽要放棄我們的家庭，決定離去的時間。

雖然我已經在鞋裡塞了樹葉，我的水泡還是變成血痂，摩擦得更厲害了。尖銳的石子穿透磨損的鞋底，刺到我的腳底，而我腫起來的腳踝已經覆滿五顏六色的瘀青。

「我們已經整整旅行了一個星期。」我一邊說著，一邊拖著自己走在破敗的小路，它通往卡薩雷的聖殿，再過去就是贊達普爾。

「怎麼會花這麼多時間？」

「我受夠了！」傑凡說，他呼吸急促，發出一陣重咳。

「我們得保持前進。警察不會放棄的——就算在這上頭，他們依然會找我們的。」

「妳看，」傑凡說：「天氣變了。」

我凝望著白蒼蒼的天空，積雪遍布，在前方高聳的群山映襯下，我自覺非常的渺小，而群山永無止境的陡坡，猶如石筍般一路延展到雲端。

「真不敢相信一下子就變得這麼冷了，」我一邊說，一邊對著手哈出熱氣，再拉拉我的袖子，「你看鄉間也改變了。就連青草都變得又乾又粗糙，把我的腳都扎痛了。」

「我需要休息，」傑凡說：「我筋疲力盡了。我們先停一下下，看看地圖。」

我們一起坐在草地上，他從袋子裡拿出地圖，鋪在地面上。

「我想我們現在是在這個位置。」他的手指點在卡薩雷的下方。

「嗯，你是知道呢，或者只是你自己以為？」我的問題聽起來比我的原意更加尖銳。

「我正在盡力做好導航的工作。妳也可以看地圖啊，妳知道的。」

我努力控制自己，這次說話的語氣較為溫和些：「很抱歉……我們兩個都累了。這是今天一大早我們路過的村莊嗎？」

「是啊，」他一邊說，一邊更加仔細地查看地圖，「我很確定就是它。」

「看起來在這裡和卡薩雷之間，好像都沒什麼村莊了。」我描繪著我們這一路以來的旅程，「瞧，這條路徑要穿越那座巨大的森林……而卡薩雷和贊達普爾就在森林的另一邊。」

「那裡應該還會有奇怪的房舍——養羊之類的人家。」

我脫掉腳上的便鞋，摸摸那團血跡斑斑、長著水泡的地方，然後疵牙咧嘴地把腳再擠回鞋子內。

「你是對的。」我用力咬住牙齒，不讓自己哭出來，「如果天氣又變壞，我確信我們會找個庇護的地方。我們可以走了嗎？如果我再坐著不動，我的腳就要罷工了。」

我順著那條越來越陡峭的山路，一瘸一拐地往前走。我們已經爬到令人難以置信的高度，當我回頭望著我們經過的村莊，腦袋一陣暈眩。那些村莊已經變得小如斑點了。我可以看見遠方有座湖泊，雖然還很遙遠，但依然像面大鏡子般閃閃發亮，周圍則是長滿綠草的低矮山坡。如果我瞇起眼睛看，也只能辨認出有艘揚著小帆的漁船，正緩緩地駛過湖面，猶如被魔法拉動一般。

我強迫自己往前邁進，感覺每走一步，我的肌肉就為之緊繃。直到我沿著山路轉了個彎，眼睛不禁為之一亮。

「傑凡，你看！」有一串祈禱的經幡在寒風中飄揚，猶如紅色的火焰為我們送來一身的溫暖。

「快點……這表示我們走對了方向。」

傑凡看起來真的很蒼白：「我好累喔……」他靠著一棵野生的無花果樹說道。

我抓住他的手臂，拽著他往前走：「我們可以玩我們最喜歡的遊戲。」也許這樣可以讓我們的注意力不要放在走路上，「你最想要吃什麼？」

「一大盤用坦多（注28）煮出來的雞肉，」他氣喘吁吁地說：「上面還要擠滿新鮮的酸橙汁。」

「你記不記得有一次我們幫爸爸在農場挖了一個火坑，一起煮了一隻雞，然後就在外頭露營了？」

「是呀……它真的……好棒……那、那妳呢？」傑凡喘著氣，又再度慢了下來。

「三份我媽媽做的柔軟馬鈴薯帕拉塔，上頭要澆滿一大杯的芒果拉昔（注29），然後再來一塊或兩塊甜滋滋的吉蕾比亞（注30）。」我的胃部發出空洞的咕嚕聲。

「我原本以為妳想要盡快趕到贊達普爾，」傑凡突然說道：「也許我們應該直接走大馬路去那裡。」他不再走路，而是坐到一塊圓木上休息。

「那我們現在就應該已經到那裡了。」

「你是什麼毛病？你很清楚為什麼。警察在四處搜查我們……整條道路上都是。」我把鬆散的石塊踢到小路上。

「你真是太難搞了！」我轉身往前走，將他留在身後。當我轉頭看他，他根本一動也沒動。

「你何不就直接回最後那座村莊？」我大叫著：「我可以自己繼續走！」

「也許我會。」他的話語被微風捲住，伴隨著我走上小路。

我全身籠罩著愧疚感，我等著他趕上來。他看起來狀況很糟糕。

「我的腿很疼……」他說，我一聽脾氣又上來了。

「我也是。這還只是走路——你看過我的腳了！我們得繼續上路，傑凡！」為何他要一直爭辯個不休？我已經受夠了。

「我也很累，但是我可沒有抱怨。」我對他丟出最後這句話：「你要走多慢就走多慢，我走了。」我看見森林就在前面，便一瘸一拐往前走，沒再回頭。

當我走到了那裡，我還是沒有等他，繼續跛著腳走向一條小路，它通往一片陰暗的高大松樹叢林，我發現自己被黑暗吞沒了。寂靜的陰影和一股樹脂味瀰漫在空氣中，但是我繼續走向樹林深處，依然沒有停下腳步，也沒回頭找傑凡。

一根細樹枝被我踩在腳下，發出了斷裂聲，驚起一群鳥兒發出粗厲的怪叫聲，響徹森林。這時候，我才恢復了理智；我到底在想什麼啊？我轉過身，順著通往森林入口處的小路看過去，但是到處都看不到傑凡的蹤影。

沒有了陽光的暖意，寒氣已經滲入我的骨髓，雖然我的腳異常疼痛，我還是跑向光亮處，沿著來時的小路回去找他。

我站在林木線，看見他正慢慢走著，幾乎是一路拖著腳在走。

我將手掌圈在嘴巴上：「傑凡。」

他遠遠地對我揮揮手，但是當他越來越靠近，我注意到他的臉頰非常的亮。

「我們別鬥了，」當他終於走到我身邊，我說：「我們一定要團結一致……我們再來看一次地圖。我們可不能迷了路。」我把手伸進他的袋子，想要抓起地圖，卻發現我的手指抓了個空，「傑凡，你確信你上次看完地圖有再放回去嗎？」

「當然啦，愛莎，我很確信我放回去了……那妳自己呢？妳甚至是在我們開始旅程之前，就把妳的丟到水坑裡了！」

我把整個袋子倒到地上，然後又到我的袋子裡翻找。

「到處都找不著。我們中有人把它遺留在某處，可能現在也都被風吹跑了。現在我們將無法得知我們會走到哪兒去。」

我的胃因為驚慌而刺痛。現在，我們要如何才能及時趕到爸爸那裡呢？

傑凡看著天空：「嗯，我們知道我們是朝著北方走……而太陽是在那邊……」接著他又低下頭，「我們必須穿越森林，那是肯定的。我記得在地圖上看過它。我們就繼續上路，當天黑的時候，我會利用星星來確保我們依然是朝著北方走。」

我告訴自己別再驚慌——傑凡可以輕鬆看懂星星，就跟看故事書一樣，我們當然不會迷路。

我們不再說話，只是繼續走進森林，繼續走在被松針覆蓋的小路上，直到我們被暗綠色的樹蔭所吞沒。

注27　潘尼爾（PANEER）：與辣椒、洋蔥和番茄共同拌炒的軟質乳酪。
注28　坦多（TANDOOR）：泥製火爐，通常用於烹調檳榔樹紅葉子，以及雞肉和其他肉類。
注29　拉昔（LASSI）：以新鮮優酪乳、水和冰混製而成的飲料。
注30　吉蕾比亞（JELAYBIE, JELAYBIA）：一種橙色螺旋型的甜點，外表酥脆，內餡為液狀糖漿。

第十八章

我們已經在森林中走了許久，婆娑的陰暗樹影，讓所有的一切都變得陰森森的。每當松樹沙沙作響，就讓我驚得一跳，每當細樹枝發出斷裂聲，就害怕是有什麼掠食性動物在跟蹤我們。傑凡開始咳嗽，我很擔心他是真的生病了。

我挽著他的手臂，每個無聲無息的步伐，都帶領著我們更深入森林。我透過樹枝，凝視著那一片片泛白的天空。

「我們來找個可以庇護我們的地方。越來越冷了，這天氣變化得也太突然了。」

又過了好幾分鐘，我的呼吸已經能在冰冷的空氣中形成盤旋的霧氣，有個溼答答的東西落在我的鼻尖上，引我抬頭望去。

「下雪了。」我想起契塔拉古波塔說過在喜馬拉雅山要結伴待在一起的話，對於自己早些時候竟然把傑凡丟在身後感到既難過又氣憤。

他坐在冷冰冰的森林地面上說：「愛莎，我沒辦法再繼續下去了。我說真的。」他的眼睛充滿了血絲。

我摸著傑凡發燙的額頭，愧疚感猶如一把燃燒的利刃，纏繞著我，「我們會找到可以庇護的地方，傑凡，我保證。」在我們說過要彼此互相照顧的種種話語之後，我真不敢相信，我竟然沒有早一點注意到他身體不適。

他閉上眼睛說：「我不會有事的。」他的聲音既微弱又顫抖著。

「我很抱歉把你留在那裡。你能原諒我嗎？」他沒有回答。冰冷的雪花開始降落在地面上。「我們必須找到一個類似牧羊人小屋的地方，這裡一定會有的。」

「傑凡你牢牢地抱住我，」我一邊說，一邊引導他的手臂勾住我的腰，「我們來找個地方睡覺，度過今晚，然後……然後到了早上你就會覺得好多了。」我們掙扎著穿過樹林，樹枝一路刮破了我們的皮膚。

恐慌刺痛了我的胸口，但是我不會因此而屈服的。如果傑凡發生了什麼事，那全都是我的錯，我現在必須更強壯。我深深地吸了一口冰冷的空氣，將他抱得更緊，用盡我所有的力氣不讓他摔倒。

我們緩慢地移動，陣陣雪花開始飄落下來，就好像有人在空中搖晃著羽毛枕頭似的。大片的白色雪花從樹林間飄落，讓所有的東西——包括山路，都覆蓋上一層厚厚的冰雪。

我瞇起眼睛看著前方消失的小路徑，極度渴望能看見一絲庇護所的跡象，但是什麼都沒有，只有樹林。

雖然傑凡的體重減輕了，但是他依然又高又重，遠超過我所能負荷，每當我需要休息，都必須讓他坐在冰冷的地面上。

我又去感覺一下他的額頭，比之前還要燙，臉頰也比之前更亮。他再次閉上眼睛，這次他仰面躺了下去。

「傑凡……傑凡！」我尖叫：「你聽得見我嗎？」

「可以……」他微弱說道。

淚水從我的臉上泉湧而下，我不要讓他像他弟弟一樣死掉。

「你一定要好起來的，好嗎？」

但是他沒有回答。

空氣中帶著苦澀的味道。我從袋子裡拿出爸爸的圍巾，不再操煩它原本應該保護的芒果核，我把它圍在他的肩膀上，幫他保暖。我試圖將他從地面上攙扶起來，但卻發現自己辦不到。

我一次又一次地拉他，直到我耗盡九牛二虎之力，氣喘吁吁地最後一拉，他站起來了。

「傑凡，我們必須繼續走……」我強忍住自己的嗚咽說道，他的身體沉重地靠在我的肩膀上。我抓住我的吊墜，祈求它賜給我勇氣。

我們一起邁著小小的步伐，東倒西歪地往前滑行，同時搜尋著樹林間是否有小屋可以讓他免受這場冰雪的侵襲。

我絕望地四處環顧。我該怎麼辦？他的呼吸聲聽起來越來越吃力，越來越粗啞……我唯一能想到的辦法就是自己蓋一座庇護所。

地面上有一塊巨大的圓石，還有一堆堆倒下的粗大樹枝。我將他扶起來靠在一根倒下的圓木上，然後開始工作，將又長又重的樹枝拖過遍覆松針與冰雪的地面，讓它們緊密地靠著岩石保持平衡。

大雪紛飛，結凍的雪花覆滿了傑凡，而我花費越多的時間來建造庇護所，他就會受寒越嚴重——我的動作必須加快。

「傑凡，我在做一個樹的洞窟。」我不斷說話，好讓他保持清醒，「就像我們在家做過的那樣。」

我收集了一些上面還留有松針的小樹枝，做為第二層，以防止風穿透。雪片不斷扎著我的肌膚，我的肌肉也因為不斷走路和負重而疼痛，但是我繼續搭建直到完成，這時我早已大口地喘著粗氣。

「傑凡……你能略為走動一下嗎？」

他還醒著，但是依然閉著眼睛，而且身子一直在打滑。我扶他起身，帶著他走進以松樹覆蓋的庇護所，用圍巾將他裹得更緊。

我坐在他身邊，讓自己得到片刻的滿足，但是在我生火驅趕野獸之前，我還不能休息。在寒冷的冬夜，在牧場上，爸爸和我經常一起生火，所以我很清楚應該怎麼做。

「趕快，趕快……」我對自己低聲說著。

森林地的土壤很柔軟，當我用一根尖頭的木棍戳進地裡，便輕而易舉地把土壤帶出來，挖出一個小坑。我蹲下身子，繼續刮著泥土地，將土彈得到處都是，直到坑洞夠深。

「我要來生火了，傑凡。」我一邊說，一邊在雪地上滑行。我將我的兜帽拉近我的臉龐，但是風一直將它往後吹，冰冷的雪花吹進我的眼裡。

我翻遍了我的袋子，找出摺疊刀，用它從樹上剝下樹皮，準備當作引火的火種，我把它們疊放在火坑內，準備要點火。

我學著爸爸教過我的那樣，將火種分層鋪設開來，然後慢慢移動我已經麻木的手，用我的大拇指和食指捏住一根火柴。我將它抵著火柴盒劃過去，但是它不小心跌落到潮溼的地面上。

當更多的雪開始在庇護所上方堆積，我咬緊牙關，強忍住淚水。我投注了所有的專注力，再次劃過火柴。它迸出火花，我將這黃色的火焰輕輕推向纖細的火種條。它啪喳一聲馬上點燃，但是火種只燃燒了一秒鐘，又滅掉了。

我檢查庇護所裡傑凡的狀況，告訴自己要保持冷靜，再次重複所有的步驟。這次成功了。我辦到了。雖然火很小，但是樹皮已經燃燒起來了。我收集了一些較細的木條，將它們堆放在火焰旁邊，火焰變得更大了。發光的圓木嘶嘶作響，吐著火舌，而暴風雪比之前更加劇烈了。

我從樹下收集乾燥的樹枝，堆放在火的旁邊，有一些則留在庇護所裡面，這樣到了早上我們還會有乾燥的木材可以用。

在庇護所裡，傑凡咳著嗽又含糊地說著囈語，雪不斷飄落，飄過樹林，將天地萬物裹上幽靈般的白裝。

我希望火勢夠大，足以徹夜驅趕老虎和豹子。

我透過庇護所的開口看著傑凡，他的眼睛依然閉得緊緊的，我從火堆中撿起一根通紅的木棍，將它想像成薰香。我舉著這根冒著煙的餘燼，繞著他走，口中說著祈禱文。

我把棍子丟回火堆，拿起傑凡的手。緊緊握著。

如果你按照原計畫留在家中，你現在本應是平安的。

「我就在這裡，」我低聲說著，淚水從我的臉龐上滑落，「你只是累了，僅此而已，到了早上你就會好了……」

然後我又說了另一個祈禱文，這次沒有發出聲音。

請好起來……祈請濕婆神，請不要讓他失去生命。

第十九章

在這驚心膽顫的漫長夜晚，我聆聽著風兒在庇護所的樹枝間穿行呼嘯，驚懼著傑凡病情會惡化，或者火堆會熄滅。我想像著雪豹潛伏在黑暗中，等待著隨時撲上來吞噬我們。

「媽！」傑凡一邊呼喊一邊咳嗽，「媽，妳沒事吧，媽？對不起。」

我跳起來去感覺一下他的額頭，竟然比昨晚還要燙，而且現在黎明的第一道曙光才剛剛出現，他的臉頰卻像在燃燒一樣。

「傑凡？」我輕柔地低聲問道，摸摸他的頭髮，就我所知道他媽媽會做的那樣。他迷失在發燒與惡夢的深淵中，沒有回答我。

「傑凡？」我又試了一次。

他發出高亢的笑聲，聽起來很怪異，「老虎，」他喘著氣說：「我爸爸說要小心老虎。」

他說的這些話沒有什麼特別的含義，而我知道這只是發燒導致的囈語。有一次我生病了，媽媽告訴我，我在晚上說了一些奇怪的事情。她在我的床上鋪了一張乾淨的棉床單，用一塊冰布打溼我的額頭，一直陪著我直到我好起來。

我必須把那條圍巾拿下來，但是它緊緊纏繞在他身上，我一時動不了。他現在必須保持清涼——昨天晚上我就應該處理這件事的。我緊緊抓住它，將它硬扯下來，丟到一旁去。

「我很抱歉，我保證之後會將你照顧得更好。」

我眺望著外頭灰濛濛的黎明，從松樹上脫落的松針被風捲動呈螺旋墜落到地面上。我很慶幸至少現在不再下雪了，就算現在火勢變得比較小，也依然還是通紅的。

袋子裡已經沒有留下任何食物了，只有我們昨天收集到的水，而我知道如果我想要救傑凡，我就得趕快找到幫手。但是少了地圖的引導，我怎麼找得到我的路呢？傑凡才是會觀星的人。

我將他攙扶起來，在他嘴邊放了一瓶水，「傑凡？試著喝一點這個。」

他閉著眼睛抿了一小口，我又讓他再度躺下，將圍巾的邊緣打溼，用冰涼的水輕拍他的額頭。我不想離開他，萬一火熄滅了，他的人類氣味會將幾英里以外的動物召喚過來，但是如果我不走，他可能會死掉。發燒奪去了他弟弟的生命，現在可能又找上他了。愧疚一而再、再而三地刺痛著我。

外頭萬物俱寂，一片白茫茫。我聽見有東西在樹林上端的遠處移動，抬起頭去看看是什麼。有一團雪跌落在我腳邊的地上，一個響亮的咯咯叫聲讓我跳了起來。

是靈鳥！牠伸展著羽翼尖端，從樹枝間飛翔而下，降落在庇護所頂上。

我的心砰砰跳著，盈滿了驚喜與感激：「你是來幫忙的嗎？」我開始覺得勇氣倍增，也更確定牠一定就是娜妮吉，要不然我為何又會再次感受到那股律動，那股將我跟我的祖先們連繫在一起，讓我覺得不再是孤伶伶置身於這座森林荒野中的節奏？

我站在一根圓木上，就像上次那樣對牠伸出我的手指，但現在我特別想要感受一下牠的羽毛，看看那個觸感是否能讓我回想起娜妮吉的手。牠一動也不動地過了一會兒，對我低下頭來，但是當我試圖摸牠的翅膀時，卻又跳走了。

「親愛的娜妮吉，」我低聲喚著：「一定就是妳吧……不是嗎？」

我跳回地面上，而牠就坐在那裡看著我，我把乾燥的木材從庇護所搬出來，將樹枝直立堆放在燃燒的火堆餘燼邊緣，再把引火的火種塞進縫隙中，讓它燃燒起來。接著我將所有的木材都堆放到火裡，並盡我所能地堆高，乾燥的木材劈劈啪啪燒了起來，在空中迸射出熾熱的火花，熱氣撲上來，讓我的臉感到刺痛。最後，我將自己那雙因為搬運樹枝而凍僵、紅腫、遍布擦傷的雙手放在火邊取暖，然後暫停下來。

在這段時間裡，靈鳥都停在庇護所上面，當我準備離開時，牠的眼睛緊緊盯著我。上次我和傑凡看地圖的時候，他是怎麼說的？那是關於最近一座村莊的一些訊息，但是我不記得他說的位置是在哪裡……是沿著我們走過來的那條路，或是另一個方向？如果我搞錯了，傑凡可能會成為為此付出代價的人……用他的生命。

我吞下喉嚨裡的哽咽，強行忍住即將奪眶而出的眼淚，想著女戰神杜爾迦。

我跪在庇護所的入口處，最後一次觸摸傑凡的臉頰，聆聽他起起伏伏急促的呼吸聲。

「我不會離開你太久的，我保證。我會在火熄滅之前回來的。」

靈鳥又叫了。

「你是在告訴我該走了嗎？但是我要怎麼找到回來的路？森林這麼大，沒有地圖在手，一切看起來都是一樣的。」我的手拂過我從家裡帶出來的棉布袋，想到了一個主意；我可以用小刀把它割成條狀，綁在我路過的樹枝上。

我將貴重的物品放到一邊，拿起傑凡的小刀，開始切割袋子，一邊數著布條的數量。總共割出了四十條，我把它們塞進我的口袋裡。

我最後看了傑凡一眼，他的呼吸非常急促，臉頰發燙，而我的聲音顫抖著：「我會盡快回來。」

靈鳥依然停在庇護所上面，豎起牠紅銅色的翅膀，轉過頭來，對我眨著眼睛。

「請保佑我的旅程順利，保佑傑凡安全。」我雙手合十祈禱：「請為我好好地守護著他。」

第二十章

當我緩緩邁進被黎明籠罩的天地，沿著白雪皚皚的小路前行，周遭萬物一片死寂。我彎曲著麻木的手指，捲起一條布條，將它拉出來。我探身到一根樹枝上，將它打了一個雙結，再趕緊上路。

我抬頭仔細端詳著天空，此時天色依舊半黑，只有點點星光仍在閃耀，如果傑凡還在我身邊，一定很輕易就知道該跟隨哪顆星星走。他總是說想要導航就要靠北極星——它是永遠都不會移動的一顆星星。如果傑凡辦得到，那我也可以！他的性命就要靠它了。當我走到森林中的下一個空地，抬頭望去，選中了一顆最穩定的星星，就像他會做的那樣，讓它一直保持在我的正前方，繼續往前走。

當我透過冰涼的霧氣搜尋，血液在我的耳裡湧動。清晨的晨光伸出了蒼白的手指，在樹林間投下長長的尖銳陰影。如果那些關於獸人的故事是真的呢？這時我想起了娜妮吉，於是我吞下我的恐懼，感覺勇氣大增，便加快腳步去幫傑凡尋求幫助，邊走邊綁上布條。

我不斷穿越暗影重重的森林往前走，我的眼睛牢牢盯著那顆逐漸黯淡的星星，時而迅速地轉頭偷瞥一眼路旁，無形的惡魔緊盯著我的後背，直到我又餓又累，身下的雙腿基本上都已經無法打直了。

我撲通一聲倒在地上，靠著一棵樹休息，筋疲力盡。我用手肘撐起身子，但就是怎麼也站不起來了。

愛莎，妳不能停留在那裡。記得那次妳從芒果樹上跌下來，躺在一根樹幹的根部，拒絕起來時，我跟妳說過的話嗎？

當時我抱著妳，用一塊乾淨的布擦了擦妳的膝蓋，然後我們一起走回屋裡。我在妳啜泣的當兒，餵妳吃了牛奶米粥，告訴妳：痛苦很快就會被遺忘，但是傷疤可能會一直保留下來。好提醒妳，下次再發生同樣的事情時要堅強。

加油，小愛莎，加油。

我將自己從樹上推開，最後一塊布條就在我口袋裡等著我，我感覺到吊墜的律動，正在催促著我往前，狂風呼喚著我的名字：愛……莎。

我用力拉扯著那塊布料，想著傑凡，正在跟他陣陣的發燒奮戰，我跌跌撞撞穿過崎嶇的樹林，這時晨曦的光芒嘎吱嘎吱穿透樹枝。我的心甦醒過來，砰砰砰敲著我的肋骨。

過了許久，當樹林終於開始變得稀疏，微弱的陽光遍灑在身後的天空上，我用凍僵的手指抓起最後一條帶子，笨拙地勾住布料，將它慢慢從我口袋裡拉出來，放在一段樹枝上扭轉成一個難看的結。

疼痛深入我的骨髓，我拖著自己走過最後一塊森林地，進入一片寬廣的高原地，在那裡粗壯的草叢昂然聳立，猶如被白雪覆蓋的幽靈士兵。現在太陽已經升起來了，我確信我找得到回去的路。

想起傑凡的臉，因為發燒而繃緊、熾熱，這激勵了我，給了我繼續往前邁進的動力；經過樹林，穿過高聳的草地，幾乎都沒停下來休息，直到太陽快要來到頭頂上方，我搜尋著是否有房子、山羊，或者是不管什麼都好。

有一股冰涼的溪水從一堆岩石中湧出來，我用手捧著，狠狠地喝了一大口，讓自己解了渴。

我把水往外潑出去……一開始，聲音很微弱，但是我可以聽出來是山羊咩咩叫的聲音。我就知道這裡一定會有農場！我的心微微雀躍了一下——如果有山羊，那就一定有看管山羊的人！我瞇起眼睛遮擋豔陽，但是一個都沒看見。

我朝著有咩咩叫聲的方向跑過去，用手圈住嘴巴，大聲喊著：「嘿……這裡有人嗎？」我的呼喊聲孤單地迴盪在廣闊開放的土地上，我重複喊著：「有人嗎？」

但是那裡只有咩咩叫的羊群。我朝著牠們跑過去，快要靠近時放慢速度，一邊吹著口哨，試著吸引一隻往我這邊來。我抓住一把已經變淡的青草，當作供品般捧在手掌上。

「過來……過來這裡。」一隻黑白相間、滿懷好奇的山羊悄悄地走過來，用鼻子探向我伸出去的手。

「就是這樣……我不會傷害你的。」當牠開始小口小口啃著青草，我用手臂圈住這隻掙扎的生物，逮住了牠。牠的牛奶絕對足以讓傑凡邁向康復。

我趕緊脫掉我的連帽衫，用手臂的部位圈住山羊的脖子，緊緊綁個結。

「噓……」我充滿希望地說，轉身朝著來時的方向走去。

我拉著山羊匆匆忙忙地往回走，通過崎嶇不平的地面，穿越一叢叢的樹林，以及遍地野草都長得比我的腰還要高的草叢。我艱辛地爬上陡峭的山丘，涉過潺潺的溪流，直到太陽轉為深紅色，開始在天空往下沉了一點。

這段旅程耗費了一整天的時間，每當我一想起在我離開期間可能發生的事，我的心跳就為之加速。

我來了，傑凡，要堅強、要挺住。我已經在路上了。

我已經筋疲力盡，但是我擦了擦額頭上滾燙的汗水，繼續朝著森林前進，過了好久，終於抵達它的綠色迎賓邊緣地帶。

我往後頭瞥了一眼，走進逐漸昏暗的綠葉蒼穹，一邊慌忙地拉扯著山羊。我開始掃瞄著樹幹，尋找第一塊長布條，它標示著我該怎麼回到傑凡身邊的路徑。

當我瘋狂地尋找第一條綁帶時，低垂的樹枝劃破了我的臉頰，但是波動連連的葉子投射出令人困惑的陰影，我到處找都看不到它的蹤影。

我又累又沮喪，身邊還有一隻困惑不安的山羊，我休息了一會兒，慢慢梳理著樹枝，尋找今天早上我綁的那塊紅布條扭轉的結。終於，我看見它了，正在微風中輕輕搖曳著。

「喂……喂，就是妳！」我聞聲跳了起來。「妳以為妳在幹什麼？偷我的羊嗎？」

有隻狗躍了出來，齜牙咧嘴，憤怒地吠叫著。在牠身後有個比我大上幾歲的男孩子，戴著寬邊毛氈帽，牽著一匹馬。

「我不是要偷羊。」當那隻狗不停地吠叫，還嚙咬、撕扯著我的袖子邊緣，我盡可能直挺挺地站著。

那男孩走近一些，「嗯，對我來說就像是偷竊。我一直在跟蹤妳。」他用一種奇怪的方言說話，我必須十分專注才能聽得懂他所說的話。

「我的朋友病得很嚴重。他發燒了。我不得不把他獨自留在森林中，出來尋找可以幫助他的東西……現在拜託你把你的狗叫走好嗎？」

那男孩吹了聲口哨，那隻狗鬆口，不再緊咬不放。

「妳的朋友？我聽不懂……妳的口音。」他摘下帽子，露出他及肩的波浪長髮，「妳不是這裡的人，對嗎？」

這次我放慢說話的速度，我的聲音充滿了驚慌：「對……但是我朋友，他生病了。我找到你的羊，我想要讓他喝點羊奶，讓他好過一點……我們走了好長的一段路，而且一路上都沒有好好的吃東西……我會把牠帶回來的。拜託你。我需要你的幫忙。」

那男孩緊盯著我，彷彿正努力琢磨我的意思。

我抬頭挺胸：「我犧牲了我的頭髮來換取眾神的祝福……我叫做愛莎。」

「我叫做納胡爾。」他回答。

「我們是在前往卡薩雷的路上……我們要去聖殿。」

「我媽媽去過那裡一次。」他說：「那時我最小的妹妹病得很嚴重，所以她帶著供品去獻給山神之女，她去了恆河的源頭。」

「這也是我們正要去做的事……為了我爸爸。」我往他身邊靠近，「我留下他的地方離這裡不會很遠……求求你讓我給傑凡喝點羊奶，然後你再帶你的山羊回家好嗎？」

「我不確定。我的家人會擔心的。」他朝著夕陽的方向點個頭，「而且很快就要天黑了。」他將來福槍拉起來橫放在胸前。

我跟他懇求：「如果他過於虛弱，無法熬過這場發燒怎麼辦……或者如果他被攻擊了怎麼辦？」我抹著我的臉頰。

納胡爾凝視著樹林那頭陰沉沉的環境，然後又回頭沿著遠離森林的小路走著，抉擇著到底該怎麼辦。

「求求你。」已經停頓好長一段時間了。

「好吧，」他說，聽起來依然不太確定：「我跟妳一起過去……但是我們得加快腳步。」

他用一條長長的繩索綁住山羊，緊緊繫在馬的韁繩上，然後他穩穩地抓住馬，讓我的腳套進馬鐙裡，以便我將自己抬上馬背。

「謝謝你。」

「記得遇到低矮的樹枝時要放低身子，」他一邊說，一邊爬上來坐在我的身後，然後出發。

當我們一路前行時，有動物發出低沉的嚎叫聲，被增強的勁風吹送過來。

「那是什麼？」

「聽起來像是一群狼，」他轉過頭來說：「也、也許牠們失去了一名夥伴，正在為牠們的損失哀悼。」

「我們可以走快一點嗎？」一想到傑凡獨自一人，我體內的恐懼感越加強烈。

當馬蹄蹬蹬蹬地重擊著地面，帶著我們往前小跑，嚎叫聲聽起來更加靠近了，他引導著馬兒轉往紅色綁帶的方向前進，每當我看見一條，我的心就隨之跳躍了一下。

我閉上眼睛，摸索著我的吊墜，緊緊握著它，同時為傑凡念著祈禱詞：「傑凡你一定要安全……娜妮吉，請守護他的安全。」

我們繼續騎行過森林，直到我們來到最後那條溼滑的小路，那裡長著成排的松樹，是我認得的。馬兒突然晃動著頭部，一副受到驚嚇的模樣，但是森林裡出奇的安靜。

「傑凡！」我大聲呼喊著，當我們更加靠近時，恐懼在我的血液裡奔騰，「是我……我回來了。」

納胡爾拉住韁繩來控制馬，讓牠在空地的邊緣附近停下來，安撫地揉著牠的脖子。我們下馬，但是一當我們下了馬鞍，馬兒就發出嘶嘶鳴叫聲，並以後腿直立起來，用力拉扯著山羊，就好像牠意識到我們沒有察覺到的東西，也一副試圖要逃跑的模樣。我的心因恐懼而顫抖了起來。

「穩住，小子……穩住。」納胡爾抓住韁繩，而我匆忙地往庇護所跑去。有哪裡很不對勁。

當我一衝進空地，我就看見牠了。驚慌猶如一道閃電席捲我的全身，我從靈魂深處發出一個高亢的尖叫聲。

有一隻老虎，正在冒著煙的火堆前徘徊，牠那琥珀色的條紋肌膚，在夕陽下閃爍著金色的光芒，牠的嘴角沾滿了血跡。

第二十一章

老虎爪子下方的雪染著紅斑。

「傑凡！」我哭喊著，呼吸已然失控。我朝著火堆撲過去，抓起一根悶燒的圓木，我手上握著的這一端還沒點燃。

「愛莎，趕緊退開。」

納胡爾在我身後，我從眼角的餘光捕捉到他來福槍的閃光。

「不要！」我大聲喊叫：「如果你射到了傑凡怎麼辦？」老虎就站在他睡覺的庇護所旁邊，他還有活著的希望——但卻毫無自衛能力。

我一吋吋地往前移動，火堆的光亮將老虎照亮，牠沉重的肩膀隨著每個緩慢邁向庇護所入口處的步伐而繃緊。牠微微低下頭，綠色的眼眸跟我對視。燃燒的圓木在我手中顫抖著，我回想起在契塔拉古波塔房子裡的幻象中所看見的那些老虎，牠們圍繞著我在火焰中跳舞。

「妳在幹什麼？」納胡爾在我身後大叫著：「離牠遠一點。我要開槍了。」但是我完全沒動，我依然面對著老虎，就好像出神了一般，我們的目光互相鎖定著對方。

震耳欲聾的射擊聲在我們頭頂上空迴盪著，只留下瀰漫的煙霧和炸藥燒焦的尖銳刺鼻味──子彈射進空地另一邊的一根樹幹上。

納胡爾故意瞄準高處──這一槍只是警告。老虎將頭往後一仰，張大嘴巴，發出巨大的咆哮聲，然後消失在森林中。

我手腳並用地衝進庇護所，渾身籠罩著驚慌，深恐自己即將面對的狀況。

「傑、傑凡？」但是沒有任何回應，只有風的呻吟聲和樹木的嘎吱聲。

他仍躺著，一如我離開時的模樣，眼睛閉著，呼吸急促。他還活著！我用手臂環抱住他，將我的頭靠在他的胸膛上，將眼淚眨回去。

「謝謝你，」我說著，即使我也不知道自己是在對誰說，「我就在這裡。」我低聲說。

「愛莎……愛莎……妳還好嗎？」納胡爾在外邊，呼吸很沉重，「過來看看我在另一頭發現的東西。」我暫且離開傑凡，跟著納胡爾繞到庇護所的後面。

地面上攤著一具渾身浸染著鮮血的野狼屍體。我摀住自己的胃，轉過頭去。

「一定是老虎幹的，」納胡爾說：「妳的朋友還好嗎？」

我現在很茫然，仍在試圖弄清楚發生了什麼事情，「還、還好……他、他沒有受傷。」

「那真是奇蹟，」納胡爾的聲音充滿了敬畏，「愛莎，那頭老虎保護了妳的朋友。」

「我必須把他帶到安全的地方……你願意幫忙嗎？」

「當然。」

我回到傑凡身邊。

「醒醒吧，」我輕柔地說：「醒醒……拜託你。」他的呼吸既淺又沙啞，當我搖晃著他，他依然一動也不動，但是眼皮在顫動著。在我離開這段時間，他是好轉了或惡化了？

他微微地動了動，眼睛下方也有一絲絲的動靜。我的心振奮了起來。

「傑凡……是我，愛莎。」

「我來擠些羊奶，」納胡爾說著，從火堆邊走開。「這是很好的簡單的食物……奶奶會說找到你們是我的業緣所致，那我就應該把妳們帶回家。」

我在餘燼中放入更多的木頭，吹氣讓火再次燃燒起來，然後回到裡面傑凡的身邊。

過了大約一、兩分鐘，納胡爾遞給我他的羊皮水袋。

「裡面是羊奶。妳自己一定也要喝一點，我先去把馬兒準備好。」

「謝謝你，納胡爾。」我用手臂摟住傑凡的背部，將他扶起來，小心翼翼地倒一些溫暖的新鮮羊奶到他嘴裡。

他咕噥著張開眼睛，微弱地說著：「愛莎？」

「對，是我……再多喝一點。」

他喝了一小口羊奶，發出一聲深深的嘆息。我讓他再喝一口。

「傑凡，我們得離開……你生病了，這裡又很危險。」

納胡爾回到入口處表示：「我們走吧，我的家人會等我的。妳還挺令人佩服的——這個庇護所和火堆——妳可能救了妳朋友一命。更何況，還勇敢地面對著那隻老虎。」

我對自己充滿了自豪感，所以狠狠地喝了一大口的羊奶，然後用爸爸的圍巾把所有的東西打包起來，綁了一個牢牢的結。

我帶著搖搖晃晃的傑凡走出庇護所，納胡爾和我七手八腳地將他扶上馬匹。一就緒，我們騎馬穿越森林，前往納胡爾的家。

當我們終於望見被蒼白色燈籠照亮的農舍輪廓，我伸出手臂將傑凡摟得更緊，擔心著納胡爾的家人看見他帶著兩名完全陌生的人回家時，會怎麼說。我感覺到前所未有的疲憊，在我的視野周邊擠滿了黑色點點，我的指尖有著刺痛感。

納胡爾放慢馬的速度。

「我回來了，」他大叫著：「而且我在森林裡發現了一名男孩和一名女孩！」我們停下來，他往下一跳。

納胡爾幫我們從馬上下來，而我扶著傑凡以防他摔跤——儘管我覺得自己其實也搖搖欲墜。

一大群人從屋子裡衝出來，在我們身邊圍成一個略帶混亂的半圓形。我覺得自己的胃在翻筋斗。

「感謝吉星高照，你回來了，我們等了又等……擔心得要命。」一位高個子的婦人說道，她一定是納胡爾的媽媽。

「他們是誰？」一位年紀較長的男人粗聲問道。

「我叫愛莎。我來自山麓的穆爾瑪納利，」我帶著自傲說道：「這是我的朋友傑凡。我們是在前往贊達普爾尋找我爸爸的旅途中，我們中途想先去卡薩雷朝聖。」我很想馬上將一切解釋清楚，但是這並沒有什麼意義，而且我內心裡非常緊繃。

「帶他們進來，快一點，她看起來好像快要崩潰了。」納胡爾的媽媽一邊說著，一邊張開手臂擁抱我們。

我感覺到自己在搖晃，然後一切變成漆黑一片。

第二十二章

低沉的聲音如波浪般湧向我，當我張開眼睛，看見傑凡就在我身邊，我們兩人都靠在座墊和羊皮上，旁邊還有熊熊燃燒的爐火。

「不要害怕，」納胡爾的媽媽對著我俯下身子，說道：「妳是愛莎，對嗎？」

我疲累不堪，沒有辦法撐起我的眼皮子，所以我用指甲掐著我的手掌，強迫自己保持清醒。

「緹妞，」她對一名小女孩說：「過來坐在我身邊。」

他們全家人都聚集在火爐前面，充滿好奇地凝視著我們。

「納胡爾，現在先說你是在哪裡發現他們的？」他的爸爸問道：「不論是哪裡都距離這裡非常遠啊。」

「在森林裡，」他說：「那裡有一隻老虎。」

他媽媽用手緊緊地摀住嘴巴。

「沒有人受傷的，媽……事實上，我們覺得那隻老虎還救了傑凡，讓他免於狼群的攻擊……愛莎，跟他們說說發生了什麼事。」

「讓他們先吃點東西……再說事情，」納胡爾的祖母說。她從火爐上的鍋子裡舀了兩碗充滿肉桂香的燜菜，遞給我一碗，然後直接開始用湯匙舀了一小口餵到傑凡的嘴裡，傑凡慢慢地吞下去。我把凍僵的雙手圈在碗上取暖。

每個人都充滿期待地望著我。我努力集中精神，但是我的眼皮一直往下掉。

「當、當我們一抵達庇護所，我就知道有哪裡出問題了……」我開始說，重溫當我們靠近空地時所感受到的強烈恐懼。

納胡爾和我，輪番跟大家訴說這個故事——馬兒是如何受到驚嚇，老虎是如何站在庇護所的前方，在雪地中留下血跡，我如何從火堆中撿起一根圓木，納胡爾如何發射了一槍——以及我們如何在附近發現了一隻死去的野狼。

每個人都默不作聲，眼睛睜得大大的。

「或許那是祖先的靈魂……」納胡爾的祖母停下餵食傑凡，說道。

「那隻老虎的眼睛跟愛莎的一模一樣。」納胡爾熱切地補充道。他的祖母聽後點點頭。我不知道是不是真的是那樣，是否真的有另一位祖先在守護著我，我摸索著我的吊墜，感覺著世代間傳承的律動。

「妳很有天賦，我的孩子，」她告訴我，然後她用空著的那隻手將我的手掌翻轉過來，以粗糙的手指描繪著我的掌紋。我不寒而慄，想起在旅程的一開始，我們拜訪那位女巫的情景。「沒錯，妳是個冒險家……這裡顯示還有好多的旅程。」

傑凡在這段時間裡都沒開口說話，我突然意識到他又發燒、睡著了。納胡爾的祖母也注意到了，她把碗放下來。

「我來煮些熱薑加圖爾西（注31）茶。」她嚴肅地說。

傑凡全身的重量都壓在我身上，他的臉頰發亮發燙，我只能默默地求他不要踏上死亡之途。

注31 圖爾西（TULSI）：聖羅勒藥草，一種產於印度的草藥，有「草藥女王」之稱，經研究證實有治療之效。

第二十三章

已經過了四個晚上了。距離排燈節只剩四個星期再多個幾天，如果我們想要及時找到爸爸，就一定要在今天出發，前往聖殿。傑凡的燒已經退了，但是他是否真的強壯到足以上路了呢？

現在是早晨，他還在睡覺，我解開我的行李包袱，拉出我旅行的衣服；牛仔褲和綠色連帽衫。我把衣服用力地拉到身上，然後試圖叫醒他。

「我們得走了。」我一邊說，一邊輕輕地搖著傑凡。我盡量保持耐心，但是聽起來不太像。

他一動也不動，所以我又繼續搖他，「傑凡……傑凡。」

他醒了過來，眼睛下方那道發燒過後留下的黑眼圈痕跡依然非常明顯，不能讓他再多睡一會兒讓我感到十分難受。

「傑凡，」我假裝明快地說：「要不你留在這裡……我自己繼續走後面的路？」

「什麼？」他陡然坐起來：「妳不能這樣做——」

「瞧，」我跪在地毯上，輕輕地說：「我很擔心你……你還沒那麼強壯，而到贊達普爾還有好長一段路。」我站起來，轉身背對著他，因為我不忍心看著他的眼睛。

「也許你可以跟這家人再多待一會兒……」我停了一下，「然、然後，搭火車回去索拿哈爾。」

「不行，愛莎——我要跟妳一起去，」他語氣強烈地說：「我為人人，人人為我——記得嗎？我聽說了妳在森林裡是如何建造那座庇護所的……還有妳擊退那隻老虎的方式。」他聽起來很氣惱。

「我知道妳現在已經很擅長獨立作業了……但是我們必須待在一塊兒直到最後。」他狠狠瞪了我一眼，然後把頭撇到一邊，「除非……妳再也不需要我了。」

「沒這回事！你知道不是這樣的，沒有你我都沒法應付了。我是真的很擔心你又會再次病倒。」

傑凡把臉轉開不看我，「只要妳確定……我不想變成一個負擔……」他固執地咕噥著。

我強迫他面對我，說道：「是的，我當然很確定……拜託，傑凡，我需要你……我們來收拾東西，準備上路。」我很愧疚竟然還建議要他留下來。

我把手放在他的肩膀上，「如果你真的需要休息時，一定要告訴我……我保證我一定會聽的。」

「而且我們這次一定要保持友好，善待彼此，」傑凡說，並將圍巾攤在地板上後表示：「不論事情變得多艱辛。」

「對……你說的對。」我一邊說，一邊給他一個擁抱。

「來吧，我把東西傳給你，你就打包起來。」我撿起芒果核，它依然安全地裹在香蕉葉子做的盆栽裡。

「它都還沒發芽呢。」我將它舉到光線下，以防自己錯過了什麼細節，「把它安全地塞進去吧。」

「妳所需要做的就是不斷地給它澆水——誰知道呢，說不定哪天它就開始長了。」

馬兒已經在外頭發出嘶鳴，這意味著大家都醒了，為即將到來的這一天做著準備。我親吻爸爸的來信，將它安全地收進我的口袋裡。

「好啦，都準備好了，」傑凡說著，將摺疊小刀也塞進那一大堆的東西中。

我們走到外頭，納胡爾的爸爸正在幫馬兒梳毛。納胡爾正在擺弄馬鐙，一邊看向我的方向，但是我避開他的視線，踢著冰凍的地面，想要甩掉他烏黑的眼睛。

他什麼都沒說，就只是專心地按摩著馬的脅腹。

「所以……你們準備好了？」納胡爾的爸爸問道。

「準備好了，」我說：「傑凡，你還好嗎？」

「妳不用擔心我，」他一邊說，一邊惱怒地看了我一眼，「我感覺很好。」

納胡爾從口袋裡拿出一個木雕的大象，塞到我的手裡，紅著臉說：「我自己做的。」

我把它接過來，露出一個害羞的微笑：「謝謝你，」我把它捧在掌心，對那指向天空的精緻象鼻子讚賞萬分，「我會永遠珍惜它的。」

傑凡一臉的陰沉，轉過身好像要對我說些什麼，但卻又一直緊閉著雙唇。

「還有這個是給傑凡的……可以讓他保暖。」納胡爾拿出一件羊皮夾克。

「呃……謝謝。」他迅速地穿上，「謝謝你們大家。」

「等一下，」緹妞手裡拿著兩串花環，大叫著跑向我們，「這些是為了祝福你們旅程順利。」

納胡爾把她舉起來，讓她可以搆得著我們。

「祖母幫著我做的……我希望你們可以找到你們的爸爸。」她舉起白色的巴庫爾鮮花，套在我們的脖子上。花環香甜芬芳的氣味縈繞著我。

「謝謝你們所給予的一切。你們一直都這麼的好心又慷慨。」

在我們轉身離開時，他們全都對我們揮手再見。

「我們不會忘記你們的！」傑凡無視於納胡爾，看著對面他們家的其他人說道。

「朝著山頂走過去，」納胡爾的爸爸說：「一旦你們開始攀登，就會在通向聖殿的一路上看見祈禱的經幡——它們會引導你們的旅程。保持警覺——雪豹只要一缺乏食物，就會往低處走。」

傑凡和我交換了一個恐懼的眼神。

「我們會的……」我們說道，終於轉身離開他們的房舍，讓令人敬畏的山脈一直保持在我們前方，山上層層的積雪在陽光下閃閃發亮，猶如一顆閃爍的鑽石。

我的呼吸一吐出來，就在身前形成木頭煙霧的形狀，我把我的袖子拉長蓋過我的手來取暖。清晨的霧氣從我們下方的山谷盤旋騰升而起，我們全神貫注以最快的速度趕路。

我們最後抵達了一個崎嶇陡峭、周邊長滿松樹的斜坡地，那裡有一個前往卡薩雷的標誌指向上方。我們要開始攀登聖殿了，我伸出手，將傑凡的手臂搭在我的肩膀上。

他退了開來，「謝謝妳照顧我……但我可不是小嬰兒，妳知道的。我現在強壯多了。」

「別這樣嘛，脾氣暴躁的傢伙，」我取笑他。「你說過我們要待在一起，這點是對的，我很高興現在又只剩我們兩個人了。」

我們手腳並用地往聖殿越爬越近，清澈的蔚藍天空猶如一片永無止境的絲綢，在我們眼前鋪展開來。

「如果我們可以保持這樣速度前進，我預估我們可以在天黑之前抵達那裡，」我一邊估算著太陽的高度，一邊說道：「但是如果你需要休息，一定要告訴我……你會吧，是嗎？」

「我保證。」他說。

正如納胡爾的爸爸所說的，在較低矮的林木樹枝上綁著五顏六色的祈禱經幡。

傑凡又跟以前一樣充滿了活力，他的肩膀往後，好似可以永遠地走下去。

「瞧瞧你，蒸蒸日上啊。」

「就是啊，我告訴過妳的。」

我們繼續穩定地往上走，直到在我們前方出現一個彎著身子拄著拐杖的身影。等我們靠近之後，我看出來那是一位穿著橙色紗麗的老婦人。

「納瑪斯帖（注32）。」我一邊對她舉起雙手，合十為禮，一邊說道。我覺得就憑今天早上緹妞給我的這串花環，再加上我的短髮，讓我十分適合出現在前往聖殿的路線上。

在我們經過時，她也對我們微笑著舉起雙手。

我們爬得越高，空氣就變得越冷，金黃色的太陽已經落到西邊，當我們繼續往上攀登，我不得不用連帽衫緊緊地裹住自己。

我的雙腿突然變得異常沉重，每走一步，就變得更加困難，當我強迫自己走上山路的彎道，沙礫刮擦著我的腳板。我停下來喘氣，但是當我們過了下一個轉角，在傍晚的藍色薄霧中出現了我的靈鳥，正在刺骨的微風中盤旋。

「傑凡，你看！」我驚喜地大叫：「還記得我跟你說過的嗎？森林裡飛來了一隻鳥……在你生病的時候。」我瞥了一眼他的表情，猜測他心裡是怎麼想的。「在我離開的時候，牠就棲息在庇護所的上方……我的娜妮吉的靈魂在照顧著我們。」

「如果真的是她，那就太好了，」他加快腳步說道：「但是讓我們先到聖殿再說，這才是我們最該關注的。」

我想我是不該期待他會跟我感受到同樣的魔力，但我依然覺得很失望。儘管發生了這一切事情，他還是這般就事論事。

這隻胡兀鷲滑翔過我們上方，然後降落在前方山脊一塊平穩的岩石上。

突然有一股不知來自何處的力量，讓我彷若長出了翅膀，當我超前傑凡，抵達山脊，我甚至都忽略了自己急促的呼吸……我們終於到了！聖殿到了！

我跪了下來，以前額碰觸石頭地板祈禱。

「這裡就是濕婆神將祂的頭髮投入恆河的地方，」我帶著無比的敬畏說道並再次站起身：「你能相信嗎？我們真的抵達這裡了！」

它的莊嚴宏偉，遠超越我所見過任何東西。這座聖殿以燦爛光輝的玫瑰岩石雕刻而成，它有四座螺旋狀的塔樓，幾乎延展到天際，中央是以淡橙色的磁磚鋪就的寬敞大圓頂，猶如旭日般閃閃發亮。

傑凡抓住我的手臂，開始搖著我：「愛莎！我們到這裡了，我們到這裡了，我們到這裡了！」他唱著。

「我們辦到了！」我們一起低語著，俯看著聖殿，我們的聲音在薄暮中響起。

有一條步道從山脊的頂端，一路往下延伸到聖殿氣勢宏偉的拱形大門，它的兩側裝有彩色的玻璃窗。到處都是提瓦燈，它們的赭石小燈散發著黃色、粉紅色和藍色的光芒，歡迎著所有的朝聖者。

我的胸腔裡充滿了興奮的小泡泡，它們因為我真的抵達這裡，而不斷嘶嘶作響地冒了出來。

我的娜妮吉依然在我們旁邊的山脊上，我對她伸出雙手，合十表示感謝。她又停留了好一會兒，才翱翔到聖殿上空，空氣在她身後呼呼作響，她氣勢恢弘展開羽翼，然後消失在雪白的雲端。

「看到沒？」我說：「就是她！」

「嗯……也許吧……也有可能那是聖殿的鳥，習慣從朝聖者手中得到一些餵食的小吃。」

「喔，傑凡！」

在聖殿的前方，懸掛著五顏六色如彩虹般的經幡，而在聖殿後方，聳立著一座覆蓋著紫白色積雪的龐大山峰——它就是神聖恆河的發源地。

我把手伸進傑凡的手裡，我們一起沿著小路走向聖殿。我們越過一道門檻，進入一座鋪著光滑大理石地板的寬闊大廳。裡面充滿了盤腿而坐的人們，他們低垂著頭，閉著眼睛祈禱。

我拍了拍衣服上的灰塵，拉直我的上衣，覺得我後腦勺的短髮都因神經緊張而刺痛了起來。

這座大廳因為點著許多的蠟燭和提瓦燈而顯得燈火通明，空氣中瀰漫著由檀香、廣藿香與玫瑰混合而成的香氣。

「你能相信嗎？就連那些老婦人也都是一路攀登到這裡的。」傑凡大聲地說。

「別盯著人家看！」我發出噓聲，彎下腰，脫下我髒兮兮的破爛便鞋，同時感覺非常不好意思地將它們排放在其他的洽帕啦旁邊——那些屬於其他朝聖者的鞋子，有的有著金色刺繡，有的則是破舊的皮拖鞋。

「我們是不是應該盡快完成儀式？然後我們一早第一件事就是離開這裡，直奔市區。」傑凡飛快地解開他的鞋帶。

「慢慢來！你不要老是急急忙忙的。」

「抱歉，愛莎。」他拉拉我的袖子，「我知道這個很重要。」

「不……你是對的，我們連一分鐘都不能浪費，誰知道爸爸到底發生了什麼事。我們今天晚上舉行儀式，然後為明天前往贊達普爾做好準備。」我的心撲通撲通地跳了起來。

注32 納瑪斯帖（NAMASTE）：印度打招呼的語言，相當於「哈囉」。

第二十四章

「恆河的發源地一定是在那裡……」傑凡低聲說著，看向在大廳的一邊排成一條長龍蜿蜒前行的人們。

我們來到一位全身只穿著兜迪（注33）的男士身後，長長的亮橙色布料纏繞在他的腰上，再盤繞著他的雙腿，這便是典型的瑜珈修行者的穿著打扮。

「他一定快要冷死了……看看他的頭髮！」我說。

他的頭髮很長，綁滿了纏髻，一路垂到地板上。

「我敢打賭他一輩子都在參訪寺廟，」傑凡笑得合不攏嘴：「不過，我可不想梳理那樣的頭髮啊！」

我推推傑凡，「噓……」

在隊伍的最前方有一位僧侶，穿著及地的橙色飄逸長袍。他將手指浸入黃銅碗中，再將聖水灑向紛紛嚷嚷的人群身上。

「祝福……祝福，」他大聲喊著：「祝福所有踏上這段旅程的朝聖者。」他將玫瑰與金盞花的花瓣拋向空中，「神聖的恆河向她的訪客致敬。」

當我們來到隊伍的前端，轟隆隆的河水聲變得更大了。

「我要為我弟弟，以及我媽和我爸爸祈禱。」傑凡說道。

「我覺得他一定會很喜歡的。」

我們手挽著手，一起走向恆河真正的誕生地。

「歡迎，」那位僧侶微笑著對我們說道，這讓他的眼睛幾乎消失不見了，「你們的父母呢？」

「我們是一起旅行到這裡的，」傑凡說：「我們是在前往贊達普爾的半路上，我們要去找愛莎的爸爸。」

「是的……我是愛莎，他是傑凡。」

「我們來自穆爾瑪納利。」他說。

「那麼，傑凡和愛莎，」這位僧侶拿起一個閃閃發亮的銀碗，將手指浸入裡面，在我的兩眉之間畫上一記厚厚的紅色染料，然後也幫傑凡畫上，「這是你們的紅色朝聖者標記，現在每個人都會知道你們已經完成朝聖，知道你們走了多遠的路。」

「謝謝你。」我低頭鞠躬，深深地呼吸，然後再次邁步往發源地前進。

最後我們來到恆河最起始的發源處，它是從一棵玫瑰色的岩石湧出來的，再以瀑布的形狀落入一座邊緣都是大理石的巨大水池中。有許多朝聖者正在洞口的正下方沐浴，那個洞口有我伸展開的手臂五倍那麼寬。河水四處飛濺，帶起細膩如蕾絲的霧氣，飄散在整個空中。

「你看它多麼猛烈啊！」我著迷地說。

「哇……妳想他們是如何把這座聖殿一路蓋到這裡來的？」傑凡問：「我只需要一艘船，恆河水就可以將我直接送往整個印度了。」

「別傻了！」我咯咯地笑著，「要繞遍整個印度，要花費多麼漫長的時間啊……我們現在可以獻供了嗎？」

我將納胡爾的小妹妹緹妞送我的花環放在地上，並在傑凡旁邊的水池邊上占了一個位置。我把手伸進包袱中，翻找我在索拿哈爾割下來的辮子，我一路帶過來就是為了現在這個特殊的時刻。我把它盤在我的掌心，準備將它獻上。

我閉上眼睛，冥思著我要獻供給神聖的恆河，山神之女。

我將吊墜緊緊地扣在我的胸前，試圖與我的娜妮吉以及在我的家族中，所有在我之前配戴過這條項鍊的女兒們的靈魂建立聯繫。我感覺到有種古老的節奏跨越漫漫時空，跟我銜接上了，我彷彿透過指尖，就能觸摸到她們。

祈請，山神之女，
我將我在幻象中所看見的供品敬獻給您，
我是來向您致敬的，
一如您在過去來到地面上幫助我們一樣。
現在您是否願意來幫助我呢？
引導我找到爸爸，祈請您讓我的家人能團聚。
並請賜福給所有幫助過我的人們，
最重要的是請賜福給我的朋友傑凡……
我特別感謝您拯救了他的性命，
如果沒有他的幫助，我絕不可能完成這趟旅程的。
還有請賜福給我親愛的娜妮吉，和我家族中所有的女兒。

我把腳置放在水池邊，我的腳趾頭在光滑的大理石邊緣蜷曲起來，然後跳進池裡，放開我的辮子，讓它浸入冰冷的河水中。神聖的河水覆蓋住我的全身，將我吞沒在如瀑布般的泡沫漩渦中，我的肺部好像被鐵手指掐住，冰冷的衝擊吸走了我的呼吸。

當我衝回水面，河水分開，正好看見我的黑色髮辮消失在河道之中，往外流了出去，而充滿融雪與季風暴風雨的神聖恆河，會攜帶著它流到山下。

冰涼的水珠成串地蓋了我滿頭，滴了我滿臉。我站在跟我肩膀等深的水池中，牙齒冷得打顫。

「傑凡……請你把提瓦燈遞給我好嗎？小心不要讓它掉出來。」

他將那個泥土做的提瓦燈捧在手掌上，慢慢舉向我。

我俯身到花圈上，摘了一朵白花，放在提瓦燈裡面，再將提瓦燈放入水池中漂浮，然後雙手合十，完成這個儀式。

「輪到你了。」我起身離開水池，坐在邊緣上，我的呼吸跟隨著我狂舞的心跳上上下下。

傑凡露出一個擔憂的笑容說：「妳覺得我媽會不會為我感到驕傲？」

「她當然會啊，傑凡——對於你所做的事情，她一定會大為驚訝的……我敢保證。」

「那就來吧……沐浴的時間到了！」傑凡跳進水池裡，在不斷冒著泡泡的河水中消失了好一會兒，才又從水裡站起來，閉上眼睛，說著他的祈禱文。

當我的思緒飄向正在贊達普爾的爸爸，然後又飄往位於家鄉中的媽媽時，我感覺到有一雙溫暖而熟悉的雙手放在我的肩膀上……

愛莎，愛莎，我心愛的愛莎，

暴風雨將妳帶來，就為了讓我好好地珍愛。

還記得妳曾經一次又一次地要求我唱這首歌，好讓妳不必再回到有關前世的惡夢中，那些噩夢總是引妳在半夜尖叫。

我將妳抱得緊緊的，妳描繪著我那雙滿是皺紋的老手上凹凸不平的血管，跟我說它們是流向大海的河流。

我感覺有一條毛毯裹住了我，一切都是那麼的完美，就好像當你閉上眼簾時感受到陽光的溫暖。我的吊墜晃動了起來……

娜妮吉？

我環顧四週，掃視著大廳，搜尋過去我最喜歡藏匿的地方——她那繡花的紗麗的柔軟皺褶處，她的歌聲依然迴盪在我的腦海中，但是什麼人都沒有。

傑凡從水裡出來，坐到我身邊。

「實在太冷了，」他顫抖著說，將他的頭髮往後綁成一個頂髻，幾撮鬆掉的細細髮絲黏在他的臉上，「怎麼啦？」他問。

「剛、剛剛發生了奇怪的事。我還以為娜妮吉在這裡呢。」我重新凝視著水池。

「真的？」

我眨眨眼，做了一個深呼吸說：「說不定最終所有的事情都會好轉的。」我將毯子的一角拉過來，繞到他的肩膀上，「她將這個披在我身上，我那時正在發抖。」

「有可能是那位僧侶。」

「你怎麼都不相信我呢？」

「並不是我不相信妳。」他將毯子拉緊，「我們剛好就是不一樣……如果我們什麼都一樣，那就很無趣了，不是嗎？」

他輕推著我說：「我可是科學先生，記得嗎？」

「對，絕對是。」

我將我們離家第一天種下的芒果核拿出來，放在我的身邊，同時聆聽著朝聖者的誦念。所有的提瓦燈都散發著金黃色的光芒，在水面上閃閃發光，讓周遭一切變得十分神奇。我對著盆栽彎下身，尋找任何發芽的跡象，但是泥土上頭依然是光禿禿的。

「說不定聖水可以讓你成長起來。」我用手掌捧起冰涼的恆河水，灑在泥土上，再用手指輕拍，「好啦……開始長吧，小芒果，為了爸爸成長起來。」我閉上眼睛，繼續聆聽著聖殿傳出來的聲音，想著娜妮吉和我所有的祖先，感覺到節奏拉扯著我進入他們的精神世界。

傑凡碰了碰我的肩膀，我嚇了一跳回過神來。

「我們要不要去換身衣服？我都凍僵了。」

我拿起芒果盆栽，用雙手小心地捧住，聞到有一股暖意穿過潮溼的香蕉葉。我最後又對它澆了一次水，開心地皺起我的鼻子，因為這潮溼的泥土氣息，讓我回想起在清晨的時候，跟著爸爸赤腳走在牧場上的情景。

傑凡拉著我站起來說：「快一點……妳看起來好像已經睡著了。我餓壞了。」

當我們走回大門口，我依然還在發呆，然後我們聞到迎面而來的五香多厚湯和剛出爐的南餅的香氣。

「這邊，」一位婦人大聲喊著：「毛巾就在旁邊，然後你們可以坐到那邊吃東西。」

我們一等身體乾爽了，就擠在其他人中間，盤腿坐下來，吃著放在閃亮薩里亞（注34）中的食物。

我的心裡彷若充滿了歌唱的鳥兒，隨時都可以衝進房內，讓整個聖殿滿溢幸福。

我抬頭望向大廳頂部的一小組窗戶，它們周圍雕滿了濕婆神的故事。透過其中一扇小窗戶，我可以看見懸掛在黑暗中的一輪小小彎月。它的光芒照在芒果盆栽上，讓它沐浴在銀色的光輝中。

「傑凡，你看！當我們開始旅程的時候，剛好是滿月，現在它又要開始往外變胖了……跟我們好像。」

「這意味著我們已經離開穆爾瑪納利整整兩個星期了，」他一邊回答，一邊將米飯舀進自己的嘴裡。

「不過感覺就像過了好幾個月啊。」他將視線轉移到我身邊，「看起來妳的芒果核已經開始發芽了。」

「什麼？」我拿起明明剛剛還什麼都沒長出來的芒果核，舉到光亮處，「太神奇了！一定是聖水和我所有的祈禱起了作用。」它長出了一根差不多跟我的手指等長的濃綠嫩芽，兩側還有兩片嫩嫩的新鮮葉子。

「植物會儲藏它們的能量，然後，一等時機成熟，條件合適了，它們就會立刻煥發出新生命。」傑凡一邊說，一邊往嘴裡塞入更多的食物。

「不是的，傑凡！是祈禱、聖水和我的娜妮吉，讓它成長得如此快速。」我可以感覺得到我的臉上綻放出一個大大的傻笑，「它發芽啦，這才是最重要的。」

我將這株小幼苗放回到月光下，它的影子在大理石的地板上伸得長長的。

「明天我們要出發到贊達普爾了。想想看，距離排燈節只剩整整四個星期，說不定再過個幾天，我們就能找到爸爸，並且帶他回家了。」

「那實在是太神奇了，不是嗎？」傑凡說：「想像一下，當妳回到穆爾瑪納利，身邊帶著妳爸爸一起出現時，妳媽媽的臉上會是什麼表情啊？」

注33　兜迪（DHOTI）：男士穿戴的一種布料，作為褲子的替代品。將布料纏繞於腰與大腿之間，使部分布料覆蓋過腿部，再反塞進腰帶裡。

注34　薩里亞（THALI, THALIA）：不鏽鋼托盤，附有分隔，可盛放不同的菜餚。

第二十五章

隔天一大早，我們收拾好東西，然後在啟程前贊達普爾之前，跪下來做了最後一次祈禱。我很想將思緒集中成整整齊齊的一小疊，但是我的思緒從一件事跳到另一件事，然後又回到穆爾瑪納利。不知媽媽回信給叔叔了沒有？我的胃又絞成一團……我必須趕緊找到爸爸。

我們加入了一個朝聖者的團體，和他們一起從聖殿步行離開，途中不時瞥一眼茂盛的松樹林。

「我們都不敢相信你們是自個兒走了這麼遠的路過來的，」一位裹著粉紅色羊毛披肩的婦人說：「有的人花費了一輩子的時間才能到這聖殿一趟，而你們已經完成了。」

「我的娜妮吉的靈魂讓我變得強壯！」我說。

「但是，還得是妳自己決定要來。」傑凡說。

「是呀……媽媽說我必須自己弄清楚我該相信什麼，而我也確實這麼做了……而且你還跟我一起來了，所以也許這是很多因素混合而成的結果。」

裹著披肩的婦人笑了起來，「誰曉得我們的祖先是不是真的跟我們同在。但是確實有人說過：有些人可以感覺得到他們的存在。」

我們繼續沿著小路前進，聽著正在獵食的猛禽從高空中傳送來他們帶著回聲音效的呼喚。我不斷環顧四週，期待能再次看見我的靈鳥，並且一邊想著娜妮吉，這讓我感覺更加的堅強，也更有決心，要在米娜和她的那批惡徒回來之前，找到爸爸並且把他帶回家。

「愛莎？」傑凡說：「妳會不會恐懼我們可能在城裡發現的結果？」

我拉了拉我的連帽衫的帶子：「我是有點擔心我們一旦抵達那裡，會發現什麼……我的意思是，他為何都不寫信？」萬一真相是比不知道還更加的困難怎麼辦？

傑凡靠近了一點：「在找到他之前，我們什麼都不知道……我們也改變不了已經發生的事情。但是當他看見妳所做的事情，妳一路所取得的成就，他會覺得妳是他夢寐以求的勇敢女兒……就像帶著弓和箭的悉多，或是打敗惡魔的杜爾迦！」

「真的嗎？」

「真的。我的意思是，瞧瞧我們克服了多少艱辛的事情。」

「也許你說的沒錯。」我看著清晨太陽下松樹的幽暗輪廓，「不過事情還沒結束呢。

我們還得安全下山，」我說，一回想起在森林中發生過的事情，就讓我的喉嚨發緊。

一直到下午早些時候，我們才走到大馬路，剛剛體會過聖殿的寧靜之後，再度被公車和汽車包圍，感覺很不適應。

「我們一起來喝杯飲料吧。」我走到一個攤位上，「我們一直沒花多少錢，而且現在距離贊達普爾也不會太遠了，所以我想我們的錢應該還夠用。」

「愛莎……明信片。我們再寄一張回家。」

我數了數我的零錢：「沒問題……這張聖殿的怎麼樣？」我選了一張，付了錢。

我們飛快寫好這張明信片，將它滑進郵筒裡。當我們拿著飲料轉身離開，我的眼光捕捉到某個讓我口乾舌燥、心臟怦怦狂跳的東西。

「傑凡，看那張海報！」

失蹤啟事

12歲的傑凡・辛格・吉爾 和
11歲的愛莎・庫瑪
如果你有任何資訊
請聯繫警方

他把飲料噴濺到地面上，「低下妳的頭。」

我研究著這張小海報：「這些照片看起來跟我們一點都不像。」

「嗯，那個男孩可是認得妳喔。」他將海報從樹上撕下來，塞進他的口袋中，「現在我們越來越靠近贊達普爾了，各處的警察只會更多。」

一名朝聖者叫我們過去：「那輛藍色公車可以載你們直達贊達普爾，」她指著一輛已經塞滿了人的公車說：「在城裡要彼此互相照顧，小心謹慎——城裡的人形形色色，可不是每個都是好人啊。」

「我們會的。」

在爬上擁擠的公車時，我的內心已經開始翻江倒海，我只能將我的兜帽拉起來隱藏我的臉。

「去那邊。」傑凡指著後面的位置說。

當司機轉開引擎，公車開始轟隆作響和搖晃。一陣冷風從敞開的大門吹進來，我們從一堆亂糟糟的小攤販和商店中駛出來，然後在一個寫著「贊達普爾」的大型路標處轉彎。

過沒多久，我們就來到了一處危險的山路，它蜿蜒而下，一路都是陡峭的岩石峽谷。視野所及是綿延數里的密林山谷，長滿了黑色的松樹，還有許多奔騰的瀑布。

「我們一到贊達普爾，就要非常小心確認誰才值得我們信任。想像一下，如果我能控制我的夢境——我就能看見城裡所有壞人的臉孔，保證我們的安全。」

「要真能那樣，可就非常便利啦！」傑凡往他的座位擠，挪出個最舒服的姿勢，「愛莎，妳是怎麼知道是否應該相信妳夢中所見？」

「很奇怪，」我瞧著窗外，「有的夢特別的清晰，就好比那個關於去尋找爸爸的旅程的夢境。我會試著弄清楚是怎麼回事。」

「所以有點像是在拼圖。」

「對，我想是可以這麼說。」我想起了娜妮吉以及我在聖殿中的感覺，「而且有些事情還都無法解釋……比如在米娜和那些個男人到來之前，牛棚裡的鈴鐺會自個兒晃動。」

「如果妳真的嘗試看看，」傑凡說：「說不定妳真的能讓有些事情發生……比方說，也許妳可以強迫那個男人將他的帕拉塔讓給我。」

「別開玩笑了，傑凡。我還真希望我可以控制東西，」我打了個呵欠說：「但是現在我只覺得自己累壞了。」

當我再次張開眼睛，到處都是汽車、牛隻和人群。而外頭，光線漸漸變暗，已經轉為傍晚了。

「我們到哪裡了？」

「我們已經在贊達普爾，」傑凡說：「快一點，瞌睡蟲，妳看起來好像還在做夢。」他笑了起來。

「是啊，」我一邊緩緩地說，一邊從座位上起身，「有事情即將發生……但是又全都消失了。」我跟隨著他從走道走下去，努力回想，「有孩子……很多很多……」

「現在先別擔心夢的事情……」傑凡打斷我，我們踏入一座忙碌的公車站，裡面擠滿了說說笑笑或者大叫的人們。

這裡有許許多多的招牌，每個人都在快速的移動著。

傑凡抓住我的手臂，將我拉回到人行道上，這時一輛車後狂冒黑煙的公車哐啷哐啷地開過去。

「這裡可不是村莊，」他說：「我們自己必須時時刻刻保持清醒，那輛公車差一點兒輾死妳啦。」

我做了一個深呼吸，集中精神。

「哪條路才是正確的路呢——」傑凡一臉的困惑，「當我們連自己該到哪兒都不知道的時候？」

「我確實知道我們該去哪裡，」我說：「康諾特廣場。而且我要盡快趕到那裡。」我終於到了這裡，距離爸爸這麼近，當我想像著再次見到他，我的心小小雀躍了一下，但是後頭緊跟著一個恐懼的心結——我很快就可以發現他為何都不寫信回家了。

有位年輕的男人嚼著口香糖，看著時刻表。他往地板一吐，轉過身來跟我們面對面。

「正在找住宿的地方嗎？我叔叔在這附近有間旅館，房價很便宜，適合像你們這樣的男孩。」

我降低我的聲音：「我們要在這裡跟我爸爸碰面。他隨時都會來。」

那男人上上下下地瞧著我們，踢開一個塑膠杯。

「確定嗎？」他問，在一支小手機上撥了一個號碼，再把它拿到耳邊，「真的非常便宜。」

「我們很確定。」我把傑凡拉開，「我們等一會兒再問別人。」

我低聲說：「他真的很讓人心裡發毛。」

我們飛快地穿過一道黑暗的拱門，它連通一條遠離車站的隧道。

「我想在黃昏之前找到康諾特廣場。」這條隧道非常的陰暗，而且聞起來比腐敗的魚還難聞，「我們越早找到爸爸，就能越快回到穆爾瑪納利。你知道的，明天不會有月亮。這意味著距離排燈節還有四個星期。」

「找到你爸爸不用花那麼長的時間，我們可以及時回家的，」傑凡說：「說不定妳媽媽都還沒回覆給妳的尼爾舅舅呢。」

我覺得很興奮：「你覺得我們全都可以一起回去過我的生日嗎？」

「可以的，」傑凡說：「絕對可以的。」

第二十六章

我懷著恐懼匆忙走過黑暗的隧道，前往贊達普爾的市中心，有許多空的包裝紙和塑膠袋在風中飛舞旋轉，撲向我們。我停下來，抹掉眼中的沙礫。

一名小女孩坐在拱門的陰影中，伸出髒兮兮的手。

「派薩，派薩……」她用祈求的聲音對我們喊著。她的眼睛又大又黑，糾纏的亂髮一團團的垂落在她的肩膀上。

「那個女孩只有羅漢和露帕的年紀，說不定還更小，她的家人在哪裡？」我感到很生氣，「讓她在這裡做這樣的事，實在是錯得離譜。」

「我知道，」傑凡說：「但是在這個城裡，有些家庭是靠這種方式生存的。」

穿著漂亮套裝和華美紗麗的人們從她旁邊走過去，連看都沒看她一眼。

「他們實在至少該施捨個硬幣吧！」我從我的包包裡拿出一枚硬幣，放在她的手心。

「謝謝妳……」她說道，對我們露出一個小小的笑容。

當我們轉進一條更為繁忙的街道，一張被亮晃晃燈光包圍的巨型海報對準了我們。它的頂部橫幅寫著：

回收——再利用——重新利用

城市的垃圾場

我們將你的垃圾變黃金

但是在它的下面，我看見了別的東西。

「地圖，」我說，拉著傑凡走向它，「我們來找康諾特廣場。」這地圖上的街道縱橫交錯，讓人看得眼花撩亂。

「公車站在這裡，」傑凡說：「但是我沒看見康諾特廣場。」

「一定在某個地方……」我一邊說，一邊沮喪地研究著。

「除非它剛好不在市中心。」傑凡說。

一群男人朝我們走來，他們一邊喝著深色瓶子裡的飲料，一邊互相爭吵，大吼大叫。

「他們看起來像一群浪費生命的人……」我說，一邊把傑凡拉近一點，挽著手。

「別擔心……我們去問別人……我們先過街……」他說道，把我拉得更近。我們避開芥末黃色的計程車和牛車，來到對面的人行道。

突然一道雷聲在交通的噪音中炸開，緊接著大雨傾盆而下。

「快一點，我們進去裡面。」我們朝著一間咖啡館跑過去，它的窗上有一個明亮的標示，畫面上是一個男孩正在吃著美味的食物。

「我們能避避雨，還能找個地方坐下來，再決定要怎樣找到爸爸。」傑凡看起來依然因為發燒而十分消瘦——我必須確保他吃了東西，避免他再次生病。

「好呀……我可以來吃點東西了……」他一邊說，一邊靠著門將門打開。

咖啡館裡擠滿了年輕人，他們坐在小桌子邊，一邊笑著，一邊津津有味地嚼著塞滿了內餡的圓麵包。

「這叫做『速食』。」傑凡讀著櫃檯後面的電子告示牌說道。空氣中飄浮著甜甜的油膩味。

「有可能大家在齋戒後就來這裡吃點東西？」

「對喔，可能喔。」

「上面說買一送一耶。」我注意到在櫃檯旁邊有一張手寫的海報，我瞧了一眼我的錢包，內心興奮不已，「這表示我們可以吃點東西，還有一點餘錢夠坐計程車。你去窗戶邊找個位置坐。我來排隊買吃的東西。」

傑凡把我們的包袱推到板凳上，然後滑過去坐在包袱旁邊，嘆了一口氣。

這個餐廳讓人感覺是個安全的地方，擠滿了玩得很開心的人，我也開始略為放鬆了。當我靠近櫃臺，傑凡對我揮了揮手，我也對他抱以微笑。

輪到我點餐的時候，我不知道要點什麼，所以我跟那位女孩指著她背後那張圖片中我要的東西。她遞給我一個托盤，上面的食物全都用紙包著，就像一個個的小禮物。

「祝福妳有個美好的一天，」她拿走我的錢，說道。

我將托盤「碰」地一聲放在傑凡面前，坐到他旁邊。

「哇！」他盯著每樣東西，一副恨不得一大口全都吃掉的模樣。

我用手指往柔軟蓬鬆的飲料沾了一下，舔著美味的奶油液體，咬了一口富有彈性的麵包，以及裡頭鬆脆的蔬菜漢堡。

「嗯……真是太美味了。」我慢慢地嚼著，品味著這新穎的滋味。

「喔耶……棒呆了。」傑凡將麵包塞進他的嘴裡，同時也把吸管塞進去，嘖嘖有聲地吸溜著飲料。

等我們吃完之後，我將錢包裡的東西全都倒到托盤上。

「現在，讓我們來看看還剩下多少錢。」

「要不乾脆叫一輛那種黃色計程車？」傑凡問道：「這樣我們就可以直接去到妳爸爸所在的地方。」

「不知道那會花掉多少錢，但是我希望我們的錢還夠。」我數著硬幣和盧比（注35）紙鈔：「噢，傑凡，真不敢相信，我們終於要去找他了。」

「我知道……在我們經歷過這所有的事情之後。」他用手肘輕輕地碰碰我，「真的就要發生了。」

「不過，我們先等雨停了再說吧。」

窗戶外頭聚集了一排人群，消沉地靠著咖啡館，他們拿著髒兮兮的毯子蓋在身上，以遮擋依然猛烈潑打在玻璃窗上的大雨。我忍不住顫抖了，我把還沒吃完的餐點和傑凡一起分食，我們盡可能吃慢一點，以便可以在這裡多待一會。

一位服務生開始清理我們的桌面：「你們不能整晚留在這裡！」他粗聲粗氣地說，將托盤拿走。

「我們知道的，先生。」我努力保持著禮貌說道：「但是因為現在雨實在下得很大。」

「快一點，離開這裡！」

「好的，」傑凡一邊說一邊抓起我們的東西，「那也不用這麼粗魯啊，我們這就走……快點，愛莎。」

我盯著外頭像河流般流淌的大雨，慢慢地打開門。一輛擠滿人的計程車呼嘯而過，將我們濺了滿身的泥水。

「哎喲……我們要怎麼讓計程車停下來啊？」我問道：「他們很難注意到像我們這樣的兩個小孩。」

「我不確定……」傑凡四處看了看說。

「抱歉，親愛的，」一名不知從哪裡冒出來的年輕女人，悄悄地走近我們，「我叫做妮娜，我剛剛到這座城市，想要找個好一點的地方投宿。你們知道哪裡有嗎？」

「我、我是傑凡。」他的聲音變得結結巴巴的。

那個女人一身香水味，提著一個漂亮的皮製手提包。我猜想她可能是一名演員。用卡車載過我們一程的克里遜曾經說過，贊達普爾到處都是演員。

「我們自己也才剛來，」我說：「所以恐怕我們也幫不上忙。」

「我們正想要叫一輛計程車……」傑凡說。

「你們要不要跟我共乘一輛？」她露出燦爛的笑容，「這樣我就可以找到一家旅館，對你們來說也會便宜一點……像你們這樣的兩個小男生，不應該這麼晚了還自個兒在外面閒晃，你們知道的。」

傑凡轉身背對她，往我站的地方靠過來。

「妳覺得怎樣？」他低聲問道。

我的吊墜變得沉重又怪異地懸垂在我的胸前。

「我知道她看起來好像人不錯，什麼都好……但我們還是自己叫計程車吧。」

「你們兩個在那裡嘀嘀咕咕著什麼？」她把手臂放到我們的肩膀上，將我們輕輕地拉向她。

「你們多大啦？讓我猜猜看……十三？我有個小弟，跟你很像。」她用手指勾著傑凡的下巴，「瞧，你們沒辦法讓這些計程車為你們停下來的……我們跳進這一輛怎麼樣？我敢打賭你們從沒進去過這種黃色禮賓車。」她對著馬路揮揮手。

我嚥了一口口水，我的心砰砰地狂跳，我覺得必須趕緊逃跑，但是她用手臂牢牢地摟著我們，計程車已經慢慢地停了下來，車門打開，我們過不去了。

「來吧，不會有事的……我保證。」現在她語速飛快，推著我們進入等待中的計程車，擠到我們身邊，將門砰地一聲關上。

我們才一上車，計程車就突然轉向馬路，將我們甩上滑溜溜的座位。恐懼抓住了我。

那個女人高聲大笑：「先到市中心的旅館，然後送這些男孩去他們想去的地方。」她打開她的包包，「我來付錢。」

「傑凡，」我壓低聲音說：「我想要出去。」但是，他並沒有聽我說話——他正看著這位女士拿出一個小盒子，上面寫滿了金色的字。

「這是這座城裡最棒的巴爾菲（注36）。」她打開盒子，給了我們一大塊。

傑凡立刻把手伸過去，拿起一塊塞進嘴裡，他一邊嚼著一邊說：「嗯……太美味啦。」

「這裡有一份特別的要給妳，」她一邊說一邊拿出一顆三角形的巴爾菲，上面畫著閃亮的銀色葉子。

她往我的嘴裡塞，「來吧……非常好吃的。」

「不要！」我拒絕，抓住她的手臂，「停下來。我不要！」我把巴爾菲一把揮到地上，又把她剛剛塞進我嘴裡的巴爾菲吐出來。

「沒必要生氣……我只是出於好意。」她拿出一支紅色的口紅開始塗抹，「瞧，妳的朋友累了。」

「是啊，」傑凡開始打呵欠，眨著眼睛，好像很難讓眼睛張開，「這……樣……很……很……粗……粗……魯……」

「他太睏了……」那女人說，打開她的手機，按著上面的按鈕。

我把臉貼在冰冷的車窗上，猛敲玻璃，但是計程車司機開得比之前更快了。

傑凡頹然倒在車門上。

「你怎麼了？」我搖晃著他，但是他的手臂軟趴趴的，無論我做什麼，都沒辦法讓他醒過來。

計程車停在一棟頹敗的建築物前面，怎麼看都不像是旅館。有個男人站在大門的陰影處，我的心劇烈地跳動著，好像就快要破裂了……

我緊緊抓住座位的邊緣，全身僵住了。

他數了幾張鈔票，拿給那個女人。這時我完全確認我們被騙了。

車門大為敞開，這是我唯一的機會，但是傑凡睡死了。我會回來找他的。不論這些人是誰，我不能讓我們兩個人都被他們抓住。我跳出計程車，跑進死寂的黑夜中。

當我逃跑時，完全不知道自己應該往哪裡跑，汙穢的泥坑水濺上了我的腿，我的呼吸刺痛了我的肺部，而我腦海裡只有一個念頭：我一定要逃走。

沉重的腳步聲在我身後啪啪響起，我的心已經飛到我的嗓子眼。

「停下來！」我的連帽衫被往後拉扯，讓我的脖子猶如火燒，「過來！」

我被舉起來，翻倒在一個男人寬闊的肩膀上，這讓我的頭撞擊到他的背部。

「讓我走！」我喊叫著，一邊用我的拳頭捶打。

他將我摔到溼漉漉的地上，用一塊惡臭的布矇住我的眼睛，緊緊地綁起來。

「別再搞一些可笑的把戲……」他一邊說，一邊把我往前推。

「傑凡在哪裡？」我掐住他的手臂大叫著：「你們對他怎麼了？」

「閉嘴！」那個男人吼叫著，往我臉上甩了一巴掌。

他這記沉重的巴掌讓我痛呼出聲。

我被推著往前，他用指關節深深地摳進我的背部，讓我拖著腳走在他前面，我的淚水在眼罩後頭匯聚……這倒底是怎麼回事？我在哪裡？

我聽見鑰匙在鎖頭裡扭轉的尖銳聲音，然後感覺到有隻腳踩在我的脊椎底部，將我往前猛然一推，我重重地摔到地板上，我的嘴裡充滿了強烈的鐵血味道。

門砰然關上，又被鎖了起來。

距離排燈節只剩四個星期，而我知道自己失敗了。我再也不可能及時找到爸爸回到家裡。我所做的一切，只讓事情變得更糟。

注35 盧比（RUPEE）：印度的貨幣單位。
注36 巴爾菲（BARFI）：用煉乳製成的甜點，有點像軟糖。

第二十七章

我將下巴抵在我的膝蓋上，在這房間的角落過了一整晚。我整個人嚇壞了，不知道接下來會發生什麼事，他們會怎樣對待我。他們如鋸齒狀的尖銳聲不斷潛回我腦海中，讓我頭痛欲裂。

終於，一道黯淡的微弱光線掙扎著從靠近天花板的無玻璃小窗滲透進來，在骯髒的房間周圍投下陰影。這房間只比壁櫥大一點點，到處都是結滿蜘蛛網的幽暗角落，聞起來好像以前曾被拿來當廁所使用過，這讓昨晚的食物變成膽汁嘔到我的嘴裡。

在汙穢的地板上，散落著昨晚他們從我的包袱裡扔出來的芒果幼苗和我的羽毛。有個男人洗劫了我的東西，拿走傑凡的摺疊小刀和我最後的錢。幼苗最近剛剛冒出來的一片葉子被打掉了，另一片則被壓碎和撕裂了。

我用手指舀起地上的泥土，重新把葉子合攏到芒果核的周圍。當我把它安全地塞進我牛仔褲的前面口袋時，一顆憤怒的眼淚奪眶而出，滴落在幼苗上，然後我將爸爸的圍巾圍在我的脖子上。

我抓著我的吊墜，希望它能有所回應，祈禱它的律動能為我帶來力量。我試著去感受著那些記憶——是否有我尚未被完全放棄的任何徵兆——但是，什麼都沒有。傑凡一直都是對的：一切都只是我的想像。

我強忍住淚水，因為比起過去任何時刻，現在，我得更堅強，就跟以前媽媽告訴我要相信自己一樣。雖然我還不知道自己該怎麼做，但是我鼓起我所有的勇氣，做下承諾：

我要找到傑凡，並且讓我們兩個都離開這裡。

不久之後，他們來找我，有兩個男人將我推進一座巨大的露天院子裡，院子正中央有一座龐大的灰色土丘。這裡的味道比以前更糟糕，就好像全世界最腐敗的東西通通堆積到這一處。一堆嘔吐物從我嘴裡吐了出來，我用手背擦掉我的唾液，勉強的將苦澀的殘留物吞了下去。

「繼續前進。」有個男人用一條鞭子戳著我的背後，我踉踉蹌蹌地往前。一小群的孩子在那座龐大的土丘上攀爬，數量大約相當於學校的兩個班級。他們全都低垂著頭，撿拾紙張和塑膠，收集起來之後投進綁在他們背後的大麻布袋裡。

「妳要對垃圾進行分類：挑出金屬、電線和玻璃瓶。尤其是任何看起來有用的東西。若有任何愚蠢的言行，」那男人沉下臉，「妳就會知道這鞭子有多硬。聽懂沒？」

我摀住鼻子抵擋惡臭味。

「早點習慣吧，」他竊笑著，用鞭子猛推我的肩膀，「妳會在這裡待很久的。」

當我走向這群孩子的時候，沒有任何一個孩子講話或者看向我，而我馬上了解是何原因了，在垃圾場上有更多面容嚴峻的男人在周圍走動，他們揮舞著長長的鞭子，對每個人厲聲叫罵。

我們被一堵高聳的石磚牆圍繞，整個牆頭鋪滿了鋒利的鐵絲網。別哭，我告訴自己，絕望地扭著他們發給我的麻布袋的邊角。哭泣不能讓我們離開這裡。但是這座牆太高了，我根本爬不上去。

我腳下的地面非常不平穩，我每踩一步，就往這堆泥濘陷得更深。我開始收集釘入我細薄便鞋的金屬碎片，丟進麻布袋中，並悄悄將其中一片放進我的口袋裡，以備之後不時之需。

我掃視著垃圾場，到處尋找傑凡，但就是沒看見他的蹤影。那些男人中的一人丟過來一隻舊鞋子，擊中了一名男孩的腿。男孩痛苦地抱住腿，痛呼出聲，但是每個人都繼續工作著，沒有任何人看他一眼，也沒有人費心前去查看他是否還好。

當我終於在土丘遙遠的另一邊瞥見傑凡，我胃裡扭緊的結舒展開來了，我很想立刻衝過去，讓他知道我還活著，但我選擇小心翼翼地走向他，生怕他們又會將我鎖起來。

我用我的木棍撿起一些垃圾，眼睛盯在傑凡身上，假裝正在尋找被吩咐要尋找的東西，一邊穩定地朝著傑凡靠過去……。

直到我快要到達他身邊，我才敢發出一聲低語：「傑凡！」我繼續低著頭，「這邊。」

他馬上抬起頭來。

我顫抖著呼出一口氣：「他們對你做了什麼？」

他有一邊臉的眼睛下方有一道深紫色的瘀傷，而他的嘴上有一條深長的裂口，上頭都是凝結的乾血塊。

「發生了什麼事？」我的胸膛燃起熊熊怒火，我強忍下憤怒的淚水。我很想摸摸他的眼睛，讓它變好。

「愛莎，」他眼睛保持往下看，輕聲說著：「妳平安無事！」

「他們對你做了什麼？」他看起來被揍得很慘，這讓我快要氣瘋了。

「他們……把我推來推去。」他的聲音很平靜、死板，「他們將我扔去撞牆壁。」我順著他的目光看向守衛。

「噢，傑凡，我真的很抱歉。」我冒險輕輕地碰著瘀傷的地方，「我會讓我們出去的。」

「妳打算怎麼做？」

「我……我還不知道，但我們一定會想辦法做到的……我們一起來完成。」

我摸索著被我藏在口袋裡的那塊尖銳的金屬片，抬起頭，繼續撿拾垃圾。傑凡的臉看起來很痛苦。

「還會很痛嗎？」

「還可以。」他的嘴脣幾乎無法動彈。

我知道他沒跟我說實話。他的頭髮披散開來，整個垂落在肩膀上，他的襯衫血跡斑斑，破爛不堪。

我停下來，將吊墜按在我的胸口上，將眼睛閉上片刻，努力想跟我的祖先聯繫上……

然後，我感覺到了律動……

愛莎，我親愛的女孩。

還記得我跟妳說過妳很特別嗎？所有的事情都是有緣由的，即使妳身陷此地，看起來好像很不公平，但是妳到這裡來卻是注定的命運……

即使是在最醜惡的地方，依舊存在著美麗，妳的任務就是去將它找出來。要記住，我一直都在妳身邊，即使是在妳還十分年幼，無法知曉的年紀，我總是對妳唱著歌，並且愛護著妳。

這段回憶很快就消失了，但是它激勵了我，我往傑凡靠得更近些。

「我們至少要嘗試著離開這裡，」我說：「我們不能就這樣放棄。」

他聳聳肩，移開視線，但我已在他眼中看見挫敗。

我們工作了一整天，直到我的手因為不斷接觸泥土和垃圾而變黑，整隻手都被劃傷，直到太陽徘徊到我們頭頂，在灰色的天空中燃燒出一個橙色的洞，而我只知道我必須清楚地思考，必須制定一個計劃從這裡逃出去，找到爸爸。

一個尖銳刺耳的警報聲響徹天際，突然間大家都停下了工作。一群孩子蜂擁著向前，他們互相推擠拉扯、叫喊著要跑在前頭。

當我們被其他人夾帶著一起前往土丘腳下的一大桶水，我的腳幾乎沒碰到地面。有個男孩用手肘猛撞傑凡的肋骨。

「那是我的位置，新來的。」他大聲喊著，把他自己擠到前面的位置，「還有你們——從我的位置滾開，你們兩個。」他對我們怒目而視。

我將傑凡推回去，「不要來惹我們。」

「是啊，別管他們了，塔藍。」一名穿著髒兮兮的襯衫和破爛短褲的瘦男孩說。

他轉向我們：「我叫做薩米爾，別理會他了。」他擠出一絲笑容，「我的朋友都叫我薩米……而這位是阿緹卡。」

一名讓我聯想起露帕的女孩往前擠了過來，「嗨……」她低聲說道。

「但妳實在太小了，不應該在這裡的……」我說。

阿緹卡用她手背擦著鼻子，「我以前是跟我叔叔住在一起的，但是他失業了，說他再也養不起我，所以就把我賣了……這就是我最後來到這裡的原因。」

「把妳賣了？」我真不敢相信她說的話——但是我想，同樣的事也發生在我們身上了，不是嗎？車裡的那個女士拿我們換了錢。

「我從沒想過我可以出得去……」她回答說，她的聲音已經快要哭出來了。

「但是我有在照顧妳，不是嗎？」薩米一邊說，一邊用手臂摟住她的肩膀。

「是的，」她說：「我們互相照顧……這是唯一的辦法。」

我們跟著取水的隊伍前進，所有的孩子都互相推擠、拉扯。

「繼續往前，」一名男人大聲喊著，上上下下地踩著重步，任何人只要多喝了幾口水，他就用一根很長的棍子捅那人的身體。

我推著傑凡往前，「你先上。你工作的時間比我還長。」

他甚至懶得爭辯。他很快就喝完，把杯子遞給我，我把水倒入我的嘴裡。我實在太渴了，根本不想停，但是我才剛喝上第一口，就被那個男人推走了。

「嘿，」他說：「妳是什麼東西，大象嗎？回去撿垃圾……沒有用的雜種！」他將水杯搶走。

我咬緊牙關，跟著大家走回垃圾土丘，繼續從地上撿拾東西。

我們不准中途停下來或休息；我們不斷從垃圾場尋找電線、罐頭或者任何金屬物，再將它塞進我們背後的麻布袋裡。

太陽消失在高聳的磚牆後頭，灰色的天空開始變得暗沉。今天晚上應該是沒有月亮的，而我記得以往每年在家裡慶祝排燈節的時候，都是在沒有月亮的夜晚。我們還剩四個星期的時間。一對閃爍的泛光燈被點亮了，我意識到我們還得繼續工作好幾個小時。

幾個小時之後，我為了看清楚，抹掉一個錫片上的爛泥，在半昏暗中仔細地查看。

「傑凡，你看……」我低聲說。

「妳是在幹什麼啊？」傑凡一臉困惑地說：「我們要擔心的事情，可比一些愚蠢的舊錫片重要得多。」

「不是的，傑凡，」我將它塞到傑凡的鼻子底下，「上頭有一隻胡兀鷲。」我立即想到娜妮吉，確信我就是注定要找到它。

「這上頭寫著喜馬拉雅山茶。也許它是來自喀拉普爾附近的一個種植園，它是被送來要我們保持堅強的一個信號。」

傑凡將他眼睛前的頭髮撥開，以便看清楚一點，「這真是巧合得很……我想妳可能是對的。」他聽起來很興奮，這可能是他第一次真的相信這是個信號。

我將這個錫片放進我的口袋裡，想起靈鳥在旅程中一直都在守護著我們，我摸索著娜妮吉的吊墜，並且祈求它讓我保持堅強……我將會即時找到爸爸，沒有任何事情可以阻止我離開這裡。

第二十八章

正當我以為他們會要我們通宵工作時，高分貝的警報聲再次響起，每個人終於都停了下來。當我們拖著腳走向我昨晚過夜的那棟破敗的老建築時，我的背疼得要命，我以為我的腿就要報廢了。

我的手臂軟弱無力到我幾乎舉不起來的地步，但我不會放棄的——我一定要出去，找到爸爸。我們必須先制定一個計畫。

守衛把我們當作牲口一樣驅趕，我們穿過一道燈光昏暗的迴廊，我試著數了數我們總共有多少人……我想，大約五十人。最後，他們將我們推進一個房間，裡頭只有骯髒、潮溼、臭氣熏天的床褥，以及一枚灰暗的無罩式燈泡充當照明設備，然後把我們鎖了起來。

這個房間只比我們家的牛棚大一點點，裡面還有階梯通向一個平臺，形成另一個樓層，所以他們就可以把每個人都擠進來了。

「到這裡來，」傑凡一邊說，一邊在半昏暗中推開擠成一團的人群，跨過那些累得無法動彈的孩子，「我們去坐在阿緹卡和薩米的旁邊。」

大門突然開了。有人丟了一盤裝滿烙蒂亞薄餅的托盤進來，又把一個裝了水的容器扔在地板上，旋轉厚重的鎖頭，然後離開。

每個人都衝向食物，把擋到路的人推擠到一邊。傑凡也加入了，用手肘擠向托盤。

「有了，我拿到一些，」他一邊說，一邊從爭搶的混亂中殺回來，「有一點不新鮮了，但至少是食物。」

「在這裡每個人都得為自己打拚，不是嗎？」我一邊說，一邊從他那裡拿起一塊硬梆梆的麵餅。

我從口袋拿出枯萎的芒果幼苗，查看它的狀況。再輕輕地往它身上滴了一些水，閉上眼睛，默默地祈禱，祈求它能復甦。

「瞧，」我把它拿給傑凡看。「它已經有好一點了。如果你瞧仔細一點，會看見新抽出來的嫩芽。」

「哪裡？我啥都沒看見。」

「傑凡，如果你希望事情發生，你就要對它有信念。」我把幼苗放回我的口袋。

我們背靠著牆坐著，將烙蒂亞浸入水杯中，好讓它軟化。其他的孩子都是一身突出的肋骨、滿頭髒兮兮的頭髮，互相抓來抓去，試圖多搶一些食物。阿緹卡和薩米聞起來很恐怖，他們的頰骨凹陷得很厲害……如果我們沒辦法從這裡出去，同樣的狀況就會發生在我們身上。

「我不要留在這裡！」我壓著嗓子，發出一聲咆哮。

薩米和阿緹卡都沒說話，他們只是互相看著對方。

阿緹卡從牆上一塊鬆脫的磚頭後面拿出一小截蠟燭殘段和一小盒火柴，然後將它點燃。房間裡其他的人都沉默了下來，我猜是基於好奇，他們也都逐漸聚攏到我們周圍。

「有沒有人試圖逃出去過？」我問道，他們依然什麼都沒說。「嗯，有嗎？」

薩米第一個發言：「想都別想。妳不可能從這裡逃出去的。他們把我們鎖起來，用皮鞭讓我們遵守秩序……還有更糟的。」

我看著傑凡，心想他一定就是被毆打過。

「他們沒有任何權利把我們任何一人留在這裡。」我說：「我們如果共同努力，我們就能辦到。」

「愛莎——」這次說話的是阿緹卡——「妳可能以為我們都是膽小鬼，其實我們一開始都跟妳一樣……我們以為薩米在這裡待的時間最長，但是依然沒有任何方法可以申訴，每天的日子都是一再重複。如果你製造麻煩，他們就會除掉你。」

「我記得你們大多數的人來的時候，以及那些消失不見的人，」薩米說：「街頭有許多孩子會信任那些承諾要提供溫暖的床鋪和食物的人……妳來了，不是嗎？」

「愛莎並不想——」傑凡剛開口說。

我打斷他：「對……你是對的，薩米，我們也是，但是我們並非一定要留下來。」

「在高牆的下方有幾個隱藏的洞，」阿緹卡說，她咬了一小口的烙蒂亞，看著薩米和其他人，「不久之前，有一群孩子決定要從那裡逃跑。他們觀察了守衛的日常輪值。然後有一天，在我們中場喝水休息的時間，他們試著逃跑了。」

「他們被抓了，」薩米說：「守衛讓他們在太陽底下排成一列，綁在柱子上，毆打他們，然後留下他們，叫我們所有的人去看。之後有一天晚上，他們把這群孩子裝在自卸卡車上……我們不知道之後發生了什麼事情。」

阿緹卡用手背擦掉淚水：「所以妳看，沒有人會再次冒那樣的風險了。我們按照他們的吩咐去做事，盡量遠離他們，別礙到他們。」

我站起來面對他們，用低沉而有力的語氣說話，而每個人都在聆聽：「我知道你們都很害怕，我也一樣，但是有時候你們必須一起行動。我的朋友傑凡和我，從喜馬拉雅山腳下的村莊千里迢迢來到贊達普爾，來尋找我的爸爸。」

「而且我們拜訪了世界上最高的聖殿，」傑凡說：「還為我們所有的朋友和家人點了提瓦燈……如果你們聽愛莎的話，我們可能會有機會的。」

「風險太大了……」在一張張的臉孔中，有個男孩說道。

「妳如果願意可以自己試試看，但是我不想被綁在柱子上挨揍。」另一個男孩說：「反正……他們通通都有參與。你們沒看見警察過來拿他們的那份利潤嗎？根本就沒有地方可以尋求協助。」

「所以我們必須自助！你們得先開始意識到自己已經在這裡待多久了。看看天空——每天晚上月亮都在變化。只要你有注意，它就能告訴你時間是怎麼流逝的。今天晚上沒有月亮，但是明天它就會像一枚小指甲印似的，七天之內，它就會變成半月形。你真的要讓他們來決定你的未來嗎？日復一日地對待你比動物還不如，然後在你再也不能工作的時候，除掉你？」

沒有人回答。

「那麼，你們覺得怎麼樣？」傑凡問。

「是的，也許吧……」薩米說。但是他看起來並不相信。

「是什麼讓她這麼特別？」塔藍陰沉著臉說：「我們為什麼要聽她說的話？」

我頹然倒在傑凡的身邊。突然間我前一個晚上的疑慮又湧上了心頭——在一個這樣的地方，實在很難抱持著希望。

「塔藍是對的，」我說，所有的戰鬥力從我身上消退，「他們憑什麼信任我？我所做的一切只會讓你陷入危險之中。」

「妳不能放棄，愛莎……不能現在放棄。」傑凡讓我看著他，「就像妳以前跟我說的，如果你真的很想要完成某件事，就要讓它發生……我們至少得試試。」當我更加畏縮地躲進角落，他突然站起身來，面對這群孩子。

「還、還有一件事情你們大家都應該知道，」傑凡看了我一眼，站到一個翻倒的水桶上。他等到所有的人都看著他，舉起雙手來阻止噪音：「愛莎具有特殊的力量。她能夢見即將發生的事情……這趟旅程就寫在她的掌紋中……她可以感覺到她的娜妮吉的靈魂。」

「我們沒有人相信靈魂的，對不對？」塔藍大聲喊著，環顧著其他的人。

所有的人同時大聲叫嚷著，引發極大的騷動，有的孩子站在傑凡這一邊，其他的人則聚集在塔藍周圍。

傑凡舉起他的手臂：「噓……所有的人都安靜下來。來吧，愛莎，告訴他們。」

我真不敢相信傑凡是怎麼改變了心意，但是為時已晚，我已經陷入更深的痛苦之中。

「不要。」我轉過臉不看所有的人，將自己的頭埋入膝蓋中，「我再也做不了什麼事了……」我說，淚水從我臉上不斷地滾落下來。

「我不會讓妳放棄的。」傑凡一邊說，一邊用一隻手臂摟住我的肩膀。

我聳肩將他擺脫掉，「你聽聽他們的聲音。當他們都不再抱持任何希望時，我如何能讓他們傾聽……就連我也喪失所有的希望了。」我好想家喔，我把自己又蜷縮得更深。我再也看不到家了。

「愛莎，來吧，記住妳跟我說過關於靈鳥的事……妳在契塔拉古波塔的房子看見的東西……我知道妳相信它們的，就是這些東西讓妳與眾不同……讓妳變得堅強。愛莎……拜託妳，我需要妳——他們需要妳。想想妳的爸爸，妳的家人。」

我小心翼翼地抬起頭，用袖子擦擦我的鼻子，開始站起來。我覺得自己很像空蕩蕩的麥麩皮，我顫抖的內心隨時就要崩塌了。

傑凡將桶子舉到一旁，再度站到上面。

「聽我說，」他以蓋過噪音的聲音喊著，「你有一個選擇：你可以留在這裡，永遠受苦，或者你可以嘗試逃跑。愛莎，告訴他們。」

當房間漸漸安靜下來，大家的眼睛都轉向我。

「他們在等著。」

我緊張地拉著我的衣服，雙手絞在一起。

「她變得那麼害羞，」塔藍大笑著：「畢竟，她只是一個普通的女孩子。我實在受夠這一切了。」

他點燃了我的怒火，我感覺到怒火高漲，猶如一隻被釋放的老虎在追捕獵物。

「而他只是個白痴，」我脫口而出：「大家聽我說。如果我們全部的人一起行動，我們就會變得很強大──想想你們的祖先，呼喚他們的靈魂來幫助我們。」

「那根羽毛，」傑凡輕輕地碰碰我，低聲說道：「跟大家展示聯繫著妳和胡兀鷲的羽毛。」

我從口袋裡掏出來那根長長的金色羽毛，將它高高地舉在空中。

「這根羽毛來自我的娜妮吉的轉世靈魂──她以胡兀鷲的形式繼續存在著，她將這根羽毛當作信號送給了我。我還去拜訪過村裡的女巫，契塔拉古波塔，在她的房子裡我看見了老虎和一整個叢林顯現在我眼前。她向我展示了我只能在夢中看見的東西。」當我再度回憶起那極具震撼力的夜晚，我開始感到更加確信了。

「她給了我信心，讓我相信自己……她告訴我，我具有神奇的魔力，我應該好好善用它們。她說當時機到的時候，我就會知道。」傑凡遞給我一根繩子，我將羽毛綁在我的手臂上。

他和我像戰士一樣，肩並著肩站在一起，等待著戰鬥的訊號。我抬起我的下巴，感覺到我的內在重新塑造起鋼鐵般的力量。有些孩子開始互相交談，他們互相爭辯，互相攻擊，聲音越來越大，但是我們依然保持堅定不動。

薩米站了起來，「噓……」他喊著：「我們來投票吧……如果你想要結束這一切，試著逃跑出去，就舉手。」

一開始只有幾個孩子舉起手來，但是慢慢地，整個房間變成一片手指的大海。

第二十九章

整整三個星期，我們被囚禁在這讓人痛苦不堪的垃圾場，但是每到晚上，當我們跟與我手掌一樣大的蜘蛛以及遍布每寸地板的黑老鼠鎖在一起，我們就打磨著逃跑計畫。傑凡不斷努力搓合，召集那些太害怕的孩子，直到最後只剩幾個人還覺得太冒險。我們花費了許多個小時祕密地觀察守衛以及他們運作的方式，才獲得了我們所需要的所有訊息，但是總結出來的計畫實際上非常簡單。

儘管如此，我們已經一遍又一遍地演練，直到我們所有的人都能牢記於心：當下午五點左右，自卸卡車開過來收集廢金屬時，我們會留意司機在何時下車去幫助裝載貨物。傑凡因為家裡有牽引機，懂得怎麼駕駛，所以他會跳進駕駛的座位。我們其餘的人就全都擠到後面。我們小孩子人很多，成年的守衛卻只有幾位——而他們不會預期到這種狀況。我們應該是辦得到的。我們一直在觀察司機是怎麼觸按出入口的密碼，並且記了下來，所以我們全都準備好了。

昨天晚上，我們所有的人都觀察著天空中的殘月，已經滴答滴答快要形成半月型，這意味著距離排燈節只剩一個星期了——也就是米娜要來拿她的錢的期限。但是我們已經準備好行動，準備好逃跑了。我還有時間在米娜拿走我們家之前，找到爸爸並且回到家裡。

我很早就醒過來了，當灰色的天光從小窗滲透進來，我想著我讓每個人陷入的危險，但是我們必須出去，否則我們都會死在這裡。我握著我的吊墜，感受著我的勇氣正在上升，並為即將到來的戰鬥做好準備。

「起床了，大家，」我喊叫著，火焰在我的血液裡猛然竄升，「我們再將整個事情做最後一次的回顧，以便每個人都能完全確認今天要做什麼事。」

大家的身體扭轉蠕動著，就好像他們是某種神祕生物的局部軀幹，有著數百隻伸展的手臂和腿腳。

我將阿緹卡搖醒，她打了個呵欠，揉掉眼裡惺忪的睡意。

「來吧，大家……準備好……」傑凡說道。

「如果出錯了怎麼辦？」塔藍看著門說道：「他們會對我們比以前更加的糟糕。」

「不會出錯的，」傑凡說，筆直地站起來，「我們堅持計劃，我們大家團結一致。」

他看向我：「人人為我，我為人人！」

「傑凡是對的……」我想起了媽媽和爸爸，羅漢、露帕和傑凡。

我站到水桶上面，以比耳語略為提高音量的聲音說道：「我們一起來做這件事。我感覺今天比以往任何時刻都更堅強……每天晚上當他們把我們趕進這裡，我握著我的吊墜，我會得到一個訊號，告訴我，我的娜妮吉正在一旁傾聽。不要害怕，我們即將要出去了。」當我在說話的時候，突然有一股熾熱的怒氣貫穿了我，「他們沒有權利把我們留在這裡，今天我們要跟他們展現我們的力量。」

我壓低聲音：「不要害怕——我們今天就要行動。我的媽媽教導我要相信自己，我們大家一起就可以對抗這件事。」

傑凡看起來非常的疲累和消瘦，雖然他的舊瘀傷已經痊癒了，但是我知道他的背後有守衛鞭打形成的新傷痕，我感覺更憤怒了。

有鑰匙在鎖頭裡轉動。

「起床，人渣！」其中一個男人大叫。

每個人都安靜下來，緊緊靠在一起，然後魚貫進入垃圾場，就像過去每天做的那樣，悄然無聲，眼睛看著地面，但是我知道，在我們每個人的內心裡都有一股燃燒的火焰，當時間到了，它就會爆發成龐然大火，整個垃圾場將會遍燃猶如火爐般熾熱的怒氣。

當我們靠近堆積得高高的垃圾土丘，我的眼睛被天空高處的灰色身影吸引了過去。是胡兀鷲！有好幾十隻！

「大家看，」我驚奇地低聲說道：「看，就在上面，看看有多少隻！」

其他孩子將手臂舉起來放在額頭上，瞇起眼睛以便看得更清楚。

「哇！」大家全都大聲呼叫了出來……就連塔藍也不例外。

「真是太不可思議了！」傑凡邊說邊笑，捏了捏我的手臂。

牠們伸展羽翼，盤旋著越飛越低，往下降落在布滿鐵絲網的磚牆牆頭。當牠們再次起飛，牠們的翅膀沐浴在太陽金色的光芒中，牠們飛向我，在我的正上方盤旋，猶如一朵巨大的暴風雲，在整個土丘投射出一道龐大的陰影。

「好像日蝕……」傑凡說道，幾乎不敢相信眼前所見的一切。

守衛跟我們保持著一段的距離，他們抬頭往上看，指著鳥群形成的青銅色雲，口中喃喃念著祈禱文。

其中一隻鳥俯衝而下，降落在我身邊，就跟牠第一次在穆爾瑪納利我們家的花園做的一樣。

「娜妮吉！」我說：「我知道是妳。」我將手伸向這隻鳥巨大翅膀的尖端，而我第一次真正觸摸到牠了。一道猶如靜電的能量波貫穿我的手臂，讓我的手臂感到刺痛和顫抖。雖然以前我會害怕，但是現在我只覺得親密，一段來自久遠過去的記憶被喚醒了。

「真的是妳，是不是？妳在森林裡守望傑凡，讓我堅強起來去幫助他，而妳現在又來了，因為我一直在召喚妳。」

她一直停留在我的腳跟邊，這時其他鳥兒聚集在空中，環繞著這個院子周圍形成一個寬闊的大圓圈。

我抓緊我的吊墜，研究著牠們，並感受著比以前所有的時刻都更為強勁的律動，這讓我充滿了新希望和信心。

我的娜妮吉撲動她的翅膀，將一隻翅膀輕輕擺放在我的肩膀上，讓我感覺就像杜爾迦女神，一位來自高山國度的戰士公主，準備好要去跟惡魔戰鬥了！

「這是我所見過最教人驚奇的一件事，」塔藍一邊說，一邊移開他的目光，「我、我很抱歉曾經質疑過妳。」

我的娜妮吉從我的肩膀滑落，帶起一股巨大的氣流，加入其他在空中翱翔的胡兀鷲。

第三十章

胡兀鷲一整天都在垃圾場上盤旋，就好像現在牠們才是守衛。有時牠們飛得比較高，有時飛得比較低，但是牠們的身影總是清楚可見。

我們保持著低頭的姿勢，在中場的喝水休息時間裡安靜地討論計畫。與我們不同的是，守衛依然跟我們保持一段距離，由於鳥群一直在頭頂盤飛，他們往昔的辱罵和暴力都被困惑和不安所掩埋。

「太陽正在下山，」我跟傑凡以及其他人說：「告訴每個人，收集垃圾的卡車已經快要來了。」

訊息就像課堂上的竊竊私語不斷被轉述，直到猶如漣漪般擴散到整個垃圾場，傳達給所有的孩子。

閃著銀光的烏雲在頭頂上聚集，太陽消失在一座高聳的建築後頭。我掃視著盤旋的鳥兒所形成的圓圈，搜尋著我的娜妮吉，接收到一股奇特的感知，就好像我也在上頭，看著我自己。

娜妮吉，如果可以的話，請幫幫我。

我握緊吊墜，感受到律動就像雷電般貫穿我的身體，我的心狂跳，空中充滿了電流。天色暗了下來，閃電劃破雲層，雷霆轟隆響起，空中充斥著巨大的噪音，使得包括守衛在內的每個人，都停下手中的動作，凝神注視著。

「怎麼回事，愛莎？」阿緹卡問，一邊拉扯著她薄薄的衣裙，阻止它亂飄。

我遮住眼睛，阻擋飛揚的灰塵。

「別擔心，」我對所有的人大聲喊著：「一切都會好起來的。」

風開始吹得更猛烈了，風速也加快了，將散落的包裝紙和塑膠碎片高高地拋向空中。每個人的衣服都緊貼著他們瘦弱的身軀，頭髮則披散拍打著臉龐。

是我讓這一切發生的嗎？

我用兩隻手臂環抱住阿緹卡，保護她不被旋轉的垃圾打中，感受著內在熾熱的憤怒……這些守衛怎能像沒事人似的長時間這般對待他們？就像火車上的男人，他們覺得可以隨意擺布我們，他們以為孩子們都軟弱無力。

他們錯了！

我聚集了我所有的力氣，每一滴的痛苦和被壓抑的尖叫，用我最高昂的聲音怒吼著：「我們會回報給你們的。不論現在發生什麼事，我們都要離開。我們再也不畏懼你們。」這些字眼從我的口中傾瀉而出，猶如滾燙的熔漿。它們化為爆炸性的戰吼，從我內在咆哮而出。

胡兀鷲繼續在我們上空盤旋，牠們的翅膀在翻騰的銀灰色雲層映襯下閃爍著金色的光芒，而娜妮吉離開這個圓圈，俯衝而下，降落在我身邊。她彷若踮起爪子來站立一般，抬高身軀，挺起她的胸膛，這使得她跟我的腰齊高了，而我感覺自己可以爬上她的背部，就像古代文獻中的女神，馳騁空中，吞吐火焰，兇猛無比。

「發生了什麼事？」其中一名守衛尖叫著。

「看，」阿緹卡說：「卡車來了。」

出入口的柵門猛然一開，司機減速停車，並下了車，不可置信地看著眼前的景象。這是一個完美的分散他注意力的時機。

傑凡跑向卡車，薩米、阿緹卡和我們其餘的人以最快的速度跟隨在後。

司機注意到發生的事情，就在傑凡正要爬上駕駛座時，他一把抓住傑凡的手臂。

「放開他！」我大叫著衝向司機。在我衝到他身邊之前，靈鳥就已俯衝而下，降落在司機的頭頂上，抓撓著他的頭髮。他尖叫著倒向地面，拚命掙扎著要擺脫這隻巨鳥。

當雷聲轟隆隆作響、閃電劃破天際，我們摀住耳朵，而我的娜妮吉再次飛升，加入其他胡兀鷲的行列。

「看！」薩米大叫：「垃圾場的金屬看起來好像陽光下的金子。」他的聲音在空中迴響著。陽光下的金子……

「金子！」其中一個男人大叫。其他的人轉身離開我們，跪下來往前爬，用他們的手往垃圾堆中挖，把挖到的都塞進他們自己的口袋裡。

「他們瘋了……」薩米盯著他們說道。

我努力凝聚自己的機智，大喊：「快快快，所有的人——爬到卡車的後面。」

每個人都擠上去，一個疊著一個，盡量壓縮出足夠的空間。

「薩米，阿緹卡，坐到副駕駛座這邊！」我大叫著，跳到他們的旁邊。

傑凡轉動鑰匙，踩著油門，卡車往前躍動。

「我們出發！」我說。

傑凡將腳往下推，但是卡車劇烈震動之後卻停了下來。它熄火了。

「司機要過來了！」阿緹卡環顧四週叫喊著。

傑凡再次轉動車鑰匙，試著讓發出尖銳刺耳聲的引擎再次啟動。

司機跑向這輛停滯不動的卡車，想要從開啟的車窗抓住我的手臂，這時大雨傾盆澆灌在他的身上。

「滾開，」我叫喊著，我的喉嚨都喊痛了，「快一點，傑凡。再發動一次。」我用力地推著把手關上窗戶，差點兒夾住了司機的手。

「你們出不去的，」司機大聲喊著，敲著窗戶，雨水從他臉上奔流而下，「密碼已經換了。」他扭動把手，試圖打開車門。

「快點，傑凡，」我不顧一切地說道。

他再次擰動鑰匙，將雙腿伸向踏板。

「他們來了！」薩米叫喊著——而且他說的沒錯，其他男人已經恢復理智，正往我們衝了過來。

突然間，卡車開始移動了，猛然衝向柵門——然而他們還是趕上了我們，用岩石和短棒猛烈敲擊卡車的兩側。

鳥群俯衝到他們身上，發出極端刺耳的噪音，抓撓他們的眼睛，用牠們巨大的翅膀將他們推擠在一起，從四面八方襲擊他們，而雷霆與閃電已經到達最密集的程度。

「用最快的速度駕駛！」我叫喊著：「就算密碼換了也沒關係——反正如果我們的速度夠快，就可以衝破柵門出去。」

「看那邊！」阿緹卡說道。

一道跟整個垃圾場一樣大的閃電光環閃過了垃圾場，擊中高牆上的鐵絲網，發出令人毛骨悚然的巨響。

「妳真的太棒了，愛莎，」傑凡叫喊著：「妳辦到了！」

「把你的腳往下踩，」我往後看，大聲喊著：「他們全都擠上一輛車了……他們要來追我們了！」

第三十一章

我們衝過柵門，它裂成碎片。

「再快一點！」我大叫著壓過交通的噪音。從車身的後照鏡我可以看見胡兀鷲依然跟在後面，並且低空俯衝到追趕我們的那輛車的擋風玻璃前，然後降落在車頂上。那輛車子歪歪扭扭地從一邊開到另一邊，在我們後面蜿蜒前行。

路邊站著一群群的民眾，他們指指點點，目瞪口呆。

傑凡咬緊牙關，緊握方向盤的指關節都泛白了。

「小心！」我叫喊著。

他急轉彎，避開一輛裝滿金盞花的貨車，貨車主人一臉的震驚。

車後座傳來巨大的歡呼聲。

現在狂風大作，絕對稱得上是颶風了，樹木彎曲，前後擺盪，樹枝斷裂。一聲震耳欲聾的巨響讓道路都晃動了，原來是另一道威力強大的閃電擊中了一棵樹，這棵樹正好倒在我們的後面，擋住了道路。

「走，傑凡！」我叫喊著，我覺得我的肺部就要爆開來了。

後面傳來驚呼聲和叫喊聲：「對呀……走啊，傑凡！」

我瞥了一眼後視鏡，看見追在我們後面的車子想要急轉彎避開樹，但是因為速度太快，已經一頭撞上了樹，發出金屬被輾壓的軋砸聲。

薩米像在敲鼓似地敲擊著卡車的車頂……其他人爆發出巨大的勝利吶喊聲。

「我告訴過你們，我們一定辦得到的。」我往空中揮拳，臉上綻開了笑容。

薩米看著傑凡說：「你是在哪裡學會了開車，還開得像個賽車明星似的？」

傑凡的嘴巴彎成一道淺淺的微笑，他猛按了一下喇叭，然後把注意力重新回到道路上。他直視著前方，在閃爍著綠燈和紅燈的交通中穿梭，不斷前行，幾乎穿越了這座大城市的整個市區。

「看那些鳥，」傑凡大叫著，和我迅速地交換了一個眼神，「其中一隻是愛莎的娜妮吉，大家知道的。」

我感覺到自己的臉頰發燙了；至少傑凡終於相信來自祖先的力量，更重要的是，他相信了我。

鳥群在我們頭頂排成一排，我們對牠們揮手致意，然後牠們飛往霧雨濛濛的灰暗天空，消失在雲層之間。

暴風雨逐漸平息，凌亂不堪的街道安靜了下來，行人變少了，車流也稀疏了。

「傑凡，你真是太不可思議了，」我說：「你就這樣一直往前開！」

我從口袋裡拿出芒果幼苗，拿到他的鼻子下方搖一搖。

「我現在不能看，」他說：「我正在開車！」

「喔，發出來的新芽有我的兩根小指那麼長……而且，它冒出了兩片綠油油的新葉子耶。」

「即使是被困在那裡，妳也都沒放棄澆水。」

「而且傑凡，你看——有個好小好小的花蕾剛剛冒出頭了。」

「我很確信妳不用等太久，就會長出一顆芒果了！」

阿緹卡用手臂抱住我：「這簡直就是奇蹟啊，愛莎。」

我把幼苗安全地放回我的口袋。

「看到了嗎？當我們齊心協力會發生什麼事呢？」我撫摸著阿緹卡的頭髮，她的髮上沾滿了厚厚的汙垢，還整個都打結了，我吞下喉嚨裡的腫塊，「我家裡有個小妹妹……她跟妳很像。她叫做露帕。」她往我依偎得更緊，我整個人都想家想得要命。

「我們最好確信我們跑得夠遠，」薩米說：「可不要被他們追蹤到我們。」

「對……繼續前進……」我說。

「我們應該去舉報他們，」傑凡生氣地說：「這樣他們才會被抓起來，關進監獄裡。」

「塔藍已經跟你們說過了，」薩米說：「警察收受賄賂……那沒有意義的。」

「但是一定有哪裡是安全的……不是所有的大人都跟那些壞蛋一樣……」我說。

「我以前住過一個地方，」薩米說道，他的眼睛亮了起來。「那是專門給街頭流浪兒住的……就像我們這樣的。那是在他們從市場裡把我抓走之前。」

「你還記得那個地方在哪兒嗎？」傑凡問道。

突然間卡車發出噗噗嗤嗤的聲音，慢慢地減速，然後顛簸了一下，停了下來。後面傳來巨大的騷動聲。

傑凡敲了一下儀表板：「喔，不好了！燃料用光了！」

我說：「我們只好用走路的，沒關係的。」我們從卡車爬出來，「大家不要擔心，我們現在距離垃圾場非常遠了，我們現在要去找薩米熟知的街頭流浪兒的庇護所。」

塔藍拖著腳，從孩子中間走出來。

「很抱歉我以前不相信我們可以辦得到，」他說：「不過，我們已經展現給他們看了，不是嗎？」

「薩米，」傑凡說：「帶路吧。我們必須在天黑前找到那個地方。」

「那是好久之前的事了……我……我不知道自己還記不記得。」

「你辦得到的，薩米。」阿緹卡把手伸進他的手裡，「我們已經齊心協力逃出來了，所以要找到那個地方不會太難的。」

「塔藍，」傑凡主持著場面說道：「你走在隊伍最後面，我留在中間，薩米、愛莎和阿緹卡可以走在最前面……大家團結一致……我們可不要在走到這一步的時候，失去任何一個人。」

看見傑凡在掌控著一切，而且充滿了熱情，讓我的心歡欣高歌。我對他抱以微笑，站到薩米的身邊，抓住阿緹卡的手。我們排成一行，緊跟著薩米在街道穿梭，經過許多商店和高聳的大樓。

我們蜿蜒穿過一座公園的邊緣，公園裡的樹木在微風中搖擺著如羽毛般的樹枝。

「我……我真的認得這裡，」薩米放慢速度說道：「我很確定街頭的庇護所就在公園的另一邊。我還記得在星期天的時候，他們經常帶我們在這裡玩卡巴迪（注37）……快點。」

我們加快速度，每個人都興奮地互相交談著，當薩米大跨步往前邁進，幾乎每個人都要跑步才能跟上他。

他在一棟紅磚建築前停下來，這棟建築有著柵門，周邊圍繞著一堵高牆，一側有個門鈴。柵門上面掛著一個巨大的招牌，上面寫著：

贊達普爾庇護所——街頭流浪兒之家

「就是這裡，」薩米說道，他的聲音在顫抖著。

「但是我們不會跟你們一起去，」我說：「我們的旅程還沒結束……我還得去找我爸爸。」

阿緹卡抓住我的袖子：「妳一直就像我的姊姊一樣。」

我給她一個大大的擁抱：「照顧好自己，好嗎？」

「我們希望妳能找到他……」塔藍說。

「看看月亮，然後想著我……我也會在遙遠的喜馬拉雅山腳下的穆爾瑪納利看著它的。」

所有的孩子都圍繞著我們，爭先恐後地跟我們說再見。

他們把傑凡圍在中間，拍著他的後背，開始反覆地喊著：「傑凡……傑凡……傑凡。」

「你真是不可思議！」薩米和塔藍同時說道。

傑凡伸出一隻手臂摟住男孩們，他一臉閃耀的光彩，露出一個多年來我所見過最燦爛的笑容：「不客氣。」

薩米和塔藍把所有的孩子聚集在一起。

「我來按門鈴。他們真的非常友善——大家都不要害怕，」薩米說。

一位高大、帶著笑臉的婦人從街頭庇護所匆匆地跑出來。

「這些噪音是怎麼回事？孩子們……這裡發生了什麼事？」她靠近薩米，從柵門的欄杆後頭凝視著他，「不會吧，有可能嗎？小薩米爾？」

她打開柵門，用雙手捧住薩米的臉：「你發生什麼事了？這麼久了……」

薩米用手背擦掉眼淚：「是我，拉克希蜜阿姨。」

她把他拉向自己，兩隻手臂環抱著他，親吻他的整張臉。

「進來裡面……等等讓其他人都來見見你！戴夫、普迦——快點過來這裡！」她大聲喊著，有兩個人從大樓裡朝著我們跑過來，「還有你的朋友們……你們全部的人都離開街邊進來吧。」

「快點，傑凡，」我低聲說道：「在她把我們倆也都帶進去之前！」我矮下身子，拖著腳回到街道上，進而混入孩子群中，拉著傑凡跟我一起走。

注37　卡巴迪（KABADI）：一種傳統的印度運動，屬於接觸性的運動，有點像英式橄欖球，但是沒有使用球。

第三十二章

我們站在街頭庇護所的外頭，當我想起我們共同經歷過的每件事，內心裡綻放出強烈的自傲感。

我和傑凡手挽著手，但是當我瞥了他一眼，這個感覺就像吹滅蠟燭一樣，迅速消退了。我讓他遭遇太多事了，現在他的衣服破爛不堪，頭髮因為垃圾場的灰塵和汙垢而變得灰白了，他的手上布滿割傷和瘀傷。如果他的媽媽現在看見他，恐怕都認不出來了。她過去總是盡量讓他衣著清潔，甚至還熨燙過。

「對不起……」我說，聲音細小又沙啞。

「我們會找到妳爸爸的，」他握住我的手，「妳很堅強的，愛莎。看看我們做了什麼事。我們會找到他，然後我們三個人就可以一起回家了。」

或許，當他媽媽現在看見他臉上帶著這麼無所畏懼的表情時，也會忍不住為他感到驕傲的。

黑暗已經悄無聲息爬上了天空，儘管天氣並不冷，但是當我們轉身離開街頭庇護所，想到又要冒險回到贊達普爾，一股寒慄竄過我的脊椎。

「我在卡車裡發現了一些盧比。我們何不搭個嘟嘟車？」傑凡一邊問，一邊伸出手臂，「看那邊有一輛！」

一輛掛滿了閃亮彩虹燈的嘟嘟車正在放慢速度，朝著街頭庇護所開過來。

「還記得上次我們坐上計程車發生了什麼事嗎？」我說：「不過我們沒有太多選擇……要不獨自待在贊達普爾，要不再冒一次險。」

「而且說不定，」他說：「他們很有可能正四處搜尋我們……更何況，我們還能在晚上用什麼方法找到康諾特廣場呢？」

一個猶如歌唱般的聲音突然從嘟嘟車冒出來。

「康諾特廣場？」司機問道，他從車上下來打著呵欠，「我剛結束排班，正打算回家……就跳進來吧，拉傑很樂於載你們去你們的目的地。」他用悲傷的眼神看著我們。

他的嘟嘟車可以榮獲全城最五彩繽紛的交通工具獎——因為他的車身彩繪著棕櫚樹、金色的落日和大象。還有我所見過最漂亮的墊子，高高地疊在車頂上，塞進每一個窗口。即使現在光線半明半暗，顏色看起來依然是放著電光，讓人震驚。到處都是綠色、紅色、漩渦狀的色塊和條紋色塊。

「經歷過那些事情之後，我不知道我們是否應該這樣做，」我對傑凡低聲說道，我的心砰砰砰狂跳著，「讓我們考慮一下。」我把手指插進我的頭髮，想要刷掉一些汙垢。我的衣服汙穢不堪，而且我們兩個聞起來一定臭得可怕。

「我、我們怎麼知道你不會把我們載去別的地方？」

他一臉的嚴肅：「這座城市有許多壞人——我保證，我不是其中之一。」他開始走回他的嘟嘟車。

「你們自己選擇……只要你們想要一輛安全的嘟嘟車。」他打開他的錢包，給我們看一張照片：「這是我女兒……這是我太太拉克希蜜……還有這個帥哥是誰？喔，就是我。」他咯咯笑著。

他坐在他的嘟嘟車，透過窗戶跟我們說話。

「我太太製作墊子，」他說：「我幫忙把墊子送到整個城市。」他看著鏡子，然後做了一個滑稽的表情，好像正在思考。

「我有一項特別重大的任務喔。」他轉過身來：「你們看見墊子了沒？超大婚禮，超大墊子訂單。」

然後他略為壓低聲音：「皇家婚禮。噓——。位於這座城市邊緣的宮殿。這些漂亮的墊子是為美麗的公主和客人的大屁股準備的。」

我幾乎都已經忘了笑是什麼感覺了，而我忍不住咯咯笑了出來……但是在下一刻，我的臉上就抹滿了髒兮兮的淚水。

「我們被困在垃圾場裡……」我脫口而出。

他再次從嘟嘟車下來微笑著說：「快進來——拉傑會載你們的。不要再哭了……好嗎？」他用他襯衫的袖口輕拍我的臉頰，「好點了嗎，小傢伙？妳看起來受盡折磨……這會讓我的拉克希蜜也跟著哭泣。」

「我們是從穆爾瑪納利過來找我爸爸的。」

「他住在康諾特廣場一〇二號。」傑凡補充道。

拉傑揚起他的眉毛，吹了一聲口哨說：「要走好遠的路！」他開始移動墊子，「我們來把座墊放在前面……這樣它們才不會變髒？而且——不要覺得被冒犯了——或者是我把這個塑膠放在這些座位上？」

我低頭看著我發黑的指甲，把雙手藏到我的背後。

「還有一件事，」他嚴肅地說：「你們有認識任何人能做到我這樣嗎？」他同時扭動他的耳朵和轉動他的眼珠子，同時他也將傑凡亂七八糟的頭髮撥得更亂，「你想不想學這個啊？」

「他好有趣喔！」傑凡模仿拉傑的動作，笑著說道。

「我覺得我們可以信任他，」我咯咯笑著：「我們進去吧。」

我把肩膀靠在傑凡身上，擦著我的臉頰。

「我們可以付錢。」

「那我算你們一個便宜價……現在都放鬆了嗎？坐穩了喔，出發！」

拉傑在繁忙的道路中快速奔馳，按著他的喇叭，即使路況看起來並沒有這個需要。他那副樣子好像正在遊行，而且希望每個人都能看著他。

他按了一下轉向指示燈，我們急轉彎離開主幹道，進入一條比較小的街道，這條街道好像長到沒有盡頭。

「快要到了，」他從前面大聲喊著：「工廠都聚集在這一帶。」

「我知道爸爸在一家工廠工作，」我跟傑凡說：「不過想必他不會也住在裡頭吧？」

「這些男人所做的一切都是為了他們的家人，」拉傑轉過身來跟我們交談：「這裡是五十八號……」拉傑一邊說，一邊將嘟嘟車的速度放慢，凝視著在他這一側的路邊建築物。

「七十四……一〇〇……喔……」他的聲音漸漸停了，聽起來非常不對勁：「就在那裡。」他將速度放得更慢，然後停了下來。

我的胸膛砰砰作響，就像快要爆炸開來了；康諾特廣場一〇二號只是一棟燒焦到只剩空殼的建築，它的窗戶全都被燻黑了，猶如空洞的黑眼睛正在回瞪著我，在它前面的地面上，散落著一段段半燒焦的紡織品。

爸爸是否遇到火災了？他有沒有被困在裡面？

我一把推開嘟嘟車的車門，衝向這棟建築。

「不要！」我哭喊著：「不要……！」我的聲音被哽住了，所有的東西都模糊成一片，空氣中瀰漫著刺鼻的煙味。我感覺到傑凡的手臂抱住了我，拉傑試著跟我說話，想要安撫我。

我掙脫他們的束縛，撲倒在遍布焦炭的骯髒地面上。

「爸爸！」我尖叫著：「爸爸！」

第三十三章

「爸爸，發了什麼事？你在哪裡？」我用雙手摀住臉，淚水從我的指縫間滲透出來，拉傑和傑凡遙遠的聲音在背景中顯得模糊不清。

傑凡用手臂摟住我的肩膀：「愛莎……」

「我知道他還活著……我一定要找到他。」

「我們……我們不知道。」傑凡一邊說，一邊往我靠近。

我茫茫然地凝視著被燒毀的建築，試著想清楚該怎麼做。

「不過一定有人知道……他們一定有看到了什麼。」我抓住一位路過的男人的袖子：「幫幫我。」

拉傑將我拉回來，將嘟嘟車的車門打開。

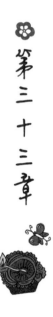

「噢，貝蒂，可憐的小東西。這些工廠已經完全沒在運作了。」

「愛莎，看看我找到了什麼。」傑凡跳進嘟嘟車，坐到我身邊，在空中揮舞著一張骯髒的紙片。

他捏捏我的手臂：「看，我發現這張紙貼在這棟建築的一側。」他一邊說，一邊把一張小海報拿給我看。

拉傑啟動引擎：「你們受到這麼大的驚嚇……我帶你們回家，我太太拉克希蜜和我可以照顧你們。」我們沿著原路往回開，離開康諾特廣場。

那張紙在我的指尖顫抖著。

傑凡穩穩地握住那張紙：「上頭寫著這個慈善機構專門從事於改善工廠的工作條件，還有幫助在那場火災中倖存的人……看，上面還有地址。」

「拉傑可以載我們過去！」我叫喊著。

我以壓過交通噪音的聲音對他大叫，向他展示那張海報：「拉傑，看看傑凡發現的東西。這個慈善機構可能對那場火災有所了解……你知道它在哪裡嗎？」

他放慢嘟嘟車的速度，我把海報推給他。

「知道……但是，聽我說——」他將海報還給我，「現在天色已經這麼黑，又這麼晚了……來我家吧。拉克希蜜會照顧你們，然後明天你們就可以找到它……這個主意如何？」

所有的一切瞬間都崩塌了，在垃圾場度過了殘酷的幾個星期，這期間的疲憊終於撕裂了我的精神。

「好的，」我嘟囔著，用雙手摀住我的臉，淚水從我的指間流淌下來，「那就麻煩你帶我們回家好嗎？拜託你了。」

我可以感覺得到傑凡瘦弱的手臂環抱著我，但是其他的一切就像可怕的夢魘。

嘟嘟車內部讓人感覺很不真實，就好像我在夢遊一樣，所有的動物都從墊子上爬出來……然後牠們又退了下去，除了一個無比深邃的黑暗，我什麼都聽不到也看不到，就好像身處波濤洶湧的大海深處的無聲洞穴。

當我醒過來，感覺到我的衣服很柔軟，還有洗衣粉的味道。有人幫我換上睡衣褲，把我塞進一張小小的木床上。敞開的窗戶傳來長尾小鸚鵡嘎嘎的叫聲。當我用手肘撐起自己，我注意到有一截翠綠的香蕉葉邊緣伸進房內。

然後所有的事情都被拉回眼前——垃圾場，工廠……爸爸！

門上響起敲門聲，讓我嚇了一跳，門一下子就打開了，一位穿著明亮藍色紗麗的高大婦人站在門口。

「我是拉克希蜜……拉傑的太太，」她微笑著說：「我帶了一些水果和飲料來給妳。」她探身過來重新整理好被子，輕輕地將我扶起來，讓我坐直。

「我的爸爸！」

「噓——」她把手指放到嘴脣上說：「不用說話。」

她用手撫摸我乾淨的短髮，對我極其體貼耐心。

「其他孩子已經跟我說過關於妳的一切事情了，」她用湯匙舀了幾片橘子到我嘴裡，「還有所有關於那座令人噁心的垃圾場。」

「他們、他們全都在這裡嗎？」我連味道都沒嚐一下，就讓水果整個滑下去。我知道拉克希蜜只是出於善意，但我不想再聽到更多，我只想出去找爸爸。

「愛莎……拉傑和拉克希蜜負責管理街頭庇護所。」傑凡突然闖進房間。

「這、這真是太、太棒了！」

門口擠滿了所有我們來自垃圾場的朋友，他們全都一臉的容光煥發。

「讓愛莎休息，」拉克希蜜一邊說，一邊把其他人趕出房間，但是阿緹卡擠了進來，跳到床上，給我一個大大的擁抱。

「妳也一樣，阿緹卡。」

我回抱她。

「繼續加油啊……」我勉強擠出一個小小的微笑說。

拉克希蜜關上門，回到床邊，對我說：「再多睡一會兒，這是妳需要的。」

「我不想讓自己聽起來好像不領情——拉傑還有妳，一直都這麼好心——但是我必須去找我爸爸。」我抓著從昨晚就拿在手上的海報，「我必須找到這個地方。」

「我們為什麼不直接打電話給他們？」傑凡溫和地說。

我點點頭，這樣會比較快。

「妳現在必須更加勇敢，」拉克希蜜一邊說，一邊幫我從床上下來，「不論他們怎麼說，妳心裡都要有所準備。」

我們走到隔壁房間，其他的孩子正好在這兒用完了早餐。

我拉開一把椅子，準備好要來打電話，當我試著小心翼翼地按著電話號碼，我的手指顫抖著，每個人都默默望著我。

我內心裡的恐懼攀升，無論我如何努力，都無法將恐懼推開。終於，我就要查明爸爸到底發生了什麼事……他是否還活著？

第三十四章

「他們怎麼說？」當我一放下電話，傑凡馬上問道。

「我們必須去醫院，」我說：「那個人說他可能在那裡。」

我衝回臥室，穿上衣服，把芒果幼苗收拾好，但是昨天才長出來的花苞現在看起來有點垮掉了，這讓我暫停了動作。

「看看它是怎麼了！」我一邊跟傑凡說，一邊將它放在另一個房間的早餐桌上。

「我確信它會恢復的。」他回答我。

「要不我幫妳把它養到花盆裡？」拉克希蜜說，從我這裡拿走芒果幼苗，「它只是需要一點點水……而拉傑正在樓下等著，所以你們可以馬上去醫院。」

「謝謝妳，拉克希蜜，」我說道，我的心劇烈地跳動著，「這聽起來可能有點愚蠢，但是我不想沒帶著幼苗就離開，妳看，我為了爸爸這一路都把它帶在身邊。」

其他的人都祝我們好運，我將幼苗抓得緊緊的，現在它已經被安全地栽種在一個小小的陶土盆裡。我們從樓梯飛奔而下，穿過庭院，然後跳進拉傑的嘟嘟車，拉克希蜜跟在我們後頭。

「早安啊，小先生和小女士，」拉傑邊說邊啟動他的嘟嘟車，「今天你們身上的香水聞起來真美妙啊……不要擔心，好嗎？一切都會好轉的。」

拉傑把我們載到一棟巨大無比的醫院大樓前，它陰沉沉地聳立在一座雜亂的庭院中央，我恐懼得渾身無力。我一直努力壓抑的念頭在我的腦海裡尖叫著；如果他根本就沒有在這裡，又或者他傷得非常嚴重，再也無法恢復成原來的樣子，那該怎麼辦？

當我推開寬敞的玻璃門，搶在傑凡和拉克希蜜前頭，衝向接待櫃檯時，感覺彷彿有許多蛇在我胃裡蠕動。當傑凡趕上我，我放慢速度，拖著我的腳，差一點想要回頭。

「傑凡，我好害怕。」我低聲說著。

「我們還什麼都無法確認，」傑凡摸著我的手臂說道：「我知道這很困難……但是一直讓妳保持堅強的就是妳的希望，以及妳的信念。」他握住我的手，於是我們一起站在櫃臺前面。

我用力拽著我的袖子，深深吸了一口氣，握住我的吊墜以便鼓起勇氣，我感受到它的節奏在我體內脈動。

「我在尋找我的爸爸，」我說：「他曾陷身康諾特廣場的那場工廠火災。」

一位護士從接待櫃臺後面抬起頭，不太友善地盯著我。

我一邊拉扯著無法蓋住我脖子的亂翹的髮梢，又一邊撫過頭髮其餘的部位，試圖將它們撫順一點。

「沒錯……我們這裡是有收了幾位那場火災的傷患。」

「我們是一起的。」拉克希蜜快步趕過來說道。

當我墊起腳尖，從接待桌望過去，我的心劇烈地扭曲著。

「但是恐怕這些病患所有的證件都在火災中被燒毀了，所以我們也沒有任何人的名單。」護士放下筆，站起身來。

我吞嚥了一口口水：「拜託……我一定得找到他。我的媽媽還在我們村子裡。我是從穆爾瑪納利過來的。」

「但那距離幾百英里遠啊！」她揚起眉毛：「讓我看看是否可以找到人……我們非常忙碌。」她對另一位護士揮揮手。

「馬勒護士會帶你們過去的，親愛的。」她露出一個疲憊的笑容，然後繼續做她的工作。

我們跟隨著馬勒護士沿著鋪了白色磁磚的走廊快走。

「試著不要擔心，」傑凡說道。

「試著不要擔心？你瘋了嗎？」我的內心就像個彈簧，隨著每個步伐收緊又再鬆開。

「我不是故意要說話這麼衝的，很抱歉，傑凡。」

拉克希蜜揉揉我的臉頰，我們繼續沿著長長的走廊往前進。

我們終於抵達病房，當我凝視著一整排緊密靠在一起的病床，汗水沿著我的後背緩緩滑下去。每個病人的手臂上都連接著又長又扭曲的管線，裡面充滿了白花花的液體，這讓我的脊椎起了一股寒顫。

「大部分的傷患都在這裡，」護士友善地說：「不要過於驚嚇……我們沿著病床走過去，看看妳能不能找到妳爸爸。」

「愛莎，無論發生什麼事，我都會陪在妳身邊……」傑凡說道。

「如果沒有你，我根本做不了這件事，你知道的。」

我沿著這排病床慢慢地移動，掃視著每張臉孔。每當我靠近一個新的人，我的心都快跳進我的嘴裡，說不定下一個就會是爸爸，不是，那下一個一定會是他……但是他們所有的人都不是，而病床已經到了最後一個。

「我爸爸沒有在這裡，」我搖晃著，突然感覺渾身燥熱，一股酸水湧上我的喉嚨。

「我覺得好像快要生病了……」我緊緊地抓住傑凡。

「妳需要一些新鮮的空氣。」拉克希蜜一邊說，一邊用手臂圈住我的背部。

「來，趕快。」護士將一張椅子推給我：「噢，親愛的……我很抱歉。」

拉克西蜜從包包裡拿出一張摺疊的手帕和一瓶水，她用水將手帕弄溼，輕輕地擦拭我的臉。

傑凡拿著一張摺疊的紙幫我搧風。

我抬頭凝視著他們所有的人，依然覺得反胃。

「我不想徒增妳的希望，」護士說：「不過，還有最後一個房間。」她拍拍我的手。

「左邊有個小房間，裡面有位男士會在睡眠中不斷大喊大叫，打擾到其他病人。這就是為什麼那個人獨自一個房間。」

我掙扎著站起來：「如果不是他怎麼辦？」

「只有親自過去看看，我們才會知道，」傑凡說：「我們還有一個機會。」

甜美的茉莉花香從一扇敞開的窗戶吹送進來，瞬間勾起了我對家鄉、對媽媽、露帕、羅漢和穆爾瑪納利的回憶。

護士帶我們走向房間，而我試著控制我奔騰的心跳。

「我在這裡等。」拉克希蜜說。

我把把手往下按，門吱嘎一聲開了。即使傑凡就陪在我身邊，我在走進去之前還是猶豫不決。

有個渾身纏滿繃帶的人影躺在床上，臉背對著我。我只能看見一雙傷痕累累的手放在白色的床單上。我將芒果幼苗放在桌子上，躡手躡腳地靠近，繞過床尾，以便看得更清楚一點。

以前我爸爸的手光滑有力，但是現在這雙手起著水泡，被燒傷了。

他的眼睛緊緊地閉著，乾裂的嘴脣分開，他看起來那麼蒼老、那麼痛苦，但是我到那裡都認得這張臉！

「爸爸！我找到你了……終於！」

我伸出手臂抱住他瘦弱的身軀，將我的頭輕輕地靠在他的胸口上，我的眼淚滴在羊毛毯上，一開始很慢，接著就像恆河水一樣快速地宣洩出來。

「你發生什麼事了，爸爸？」我摸了摸他額頭上的繃帶，但是他沒有睜開眼睛，恐懼閃過我的全身。

「愛莎！妳找到他了！」傑凡猛地摟住我的肩膀。

我靠向他：「是我們找到了他。」

護士衝進來，後面跟著拉克希蜜。

「所以那是妳爸爸？」護士問道。

「這個消息真是太棒了，愛莎，」拉克希蜜握住我的手說。

「是啊，」我說，聲音顫抖著，「但是他都沒張開眼睛，我不知道他出了什麼問題……他跟我記憶中的爸爸已經完全不一樣了。」

「我們無法確知工廠中到底發生了什麼事。他被送進來的時候已經失去了意識。我們認為他患了創傷性失憶症。」

「那是什麼意思？他什麼時候才能張開眼睛，跟我相認？他到底出了什麼問題？」

「這意味著……他什麼都不記得了……」傑凡一邊說，一邊用他的手臂將我的肩膀摟得更緊。

護士皺著眉頭說：「他沒辦法告訴我們他是誰。他一定是摔倒過。因為他身上沒有任何證件，沒有人知道應該跟誰連絡。」

「但是他會好起來的……不是嗎？」我抓住護士的手臂。

「聽著……妳一定要堅強。要告訴妳這件事真的很困難，特別是因為妳媽媽還在那麼遠的地方，但是我必須告訴妳實話──他的腦部可能永久性的受傷了。」

拉克希蜜狠狠瞪了護士一眼。

爸爸的呼吸很平穩，聽起來幾乎完全沒問題，也許他們搞錯了，當他醒過來時，他會跟以前一模一樣。

「抱歉，我知道妳並不想聽到這些。」

我的喉嚨因悲傷而發緊：「所以他可能永遠都不記得我了？」

第三十五章

「妳不會相信這些孩子發生過什麼事，以及他們是歷經怎樣的奮鬥才來到這裡的，」拉克希蜜對護士說：「他們必須保持積極樂觀。」

馬勒護士勃然大怒：「但他還是沒好啊，而且我不想給予他們過高的希望，到頭來只是讓他們失望……事實就是，我們不知道他所遭遇的事故會帶來什麼長期的影響。」

她檢查著爸爸的備忘錄：「不過現在已經找到家屬，也許就可以讓他出院了。」

「妳可以先跟我們住個幾天，再回家，」拉克希蜜突然插嘴說道：「妳沒辦法像這樣子帶著他旅行的。」

「但是我們必須在排燈節之前回家。」我的聲音充滿了恐慌，「我必須讓媽媽知道我們已經找到爸爸了，以及我們到時候就要回家了。」

「只要幾天，」拉克希蜜再次說道：「妳有沒有妳媽媽的電話號碼？」

「村莊裡沒有信號……」我說。

「也許我們可以改成發送一份電報？老方法總是最好的！妳媽媽會在當天就收到訊息，現在距離排燈節還有一個星期……這樣你們全部的人都有足夠的時間復原。」

「我今晚可以跟他待在一起嗎？」我一邊問，一邊緊緊握住他的手。

「嗯……」護士衡量著，「我們通常是不會允許的……不過在這種特殊的情況下，我會去試著說服病房的護士姊姊，請她通融一下。」

「那一切都解決了，」拉克希蜜說：「我會讓拉傑從家裡帶一些東西過來給妳。」

「可以拜託妳帶一個提瓦燈過來給我嗎？它應該可以幫助他變得好一點。既然我已經找到他了，我就連一分鐘都不願意離開他。」

傑凡笨拙地擁抱了我：「早上見，愛莎。」雖然他想要隱藏他的憂心，但我知道他跟我有一樣的心情。

「所有的事情都會好起來的……只要看看芒果幼苗鮮明翠綠的嫩芽就知道了。」

過了一會兒，有人敲了門後，門被輕輕開啟了。

「已經跟負責病房的護士姊姊把所有的事情都安排好了。」護士對我眨了眨眼：「妳那位有趣的朋友拉傑拿這個來給妳——老實說，他把我們所有的人都逗樂了——一些乾淨的衣服，一些吃食，還有幾個提瓦燈，他是這麼說的。」

我接過袋子：「謝謝妳。」

「不過要小心使用提瓦燈，好嗎？我其實不應該讓妳這樣做的，但是我已經輕易被妳給說服了，如果這樣能夠為妳帶來一點希望……」她的聲音慢慢地變小了。

我對她送上我最甜美的笑容，以防她改變心意。

而外頭，太陽正在下山，散發出深沉的橙色與紫色的光芒，照在爸爸的臉上，將他蒼白的肌膚轉變成漂亮的金色光影。

「我簡直不敢相信我已經找到你了，爸爸……」當護士離開之後，我捧著爸爸的雙手低聲說著。我想起在過去每當我生病或是受傷的時候，他都會幫助我，現在輪到我來幫助他了。

我摸索著他兩隻手掌上的紋路，極其渴望知道這些紋路是否預示了幸福的結局。他在床上翻了個身，眼皮輕微顫動了一下，但是依然沒有醒過來。

我把從穆爾瑪納利一路帶過來的芒果幼苗舉起來檢查，它就這樣待在脆弱的香蕉葉子裡，經歷了這麼漫長的一段旅程，而且存活得這麼久，現在它被栽種在一個乾淨嶄新的盆子裡，開始看起來像個很穩妥的小植物了。我把它平穩地擺放在床邊刮痕累累的金屬桌上，舉起沉重的水罐，在它上面灑了幾滴水。

拉克希蜜一定是從那些她專為排燈節而購買的提瓦燈中，選了其中一個很特別的給了我。這個陶土上面塗抹著明亮閃耀的黃色，邊緣貼滿了小塊的玻璃片。我用手指撫摸著它的邊緣——它真的好漂亮。我小心劃過一根火柴，點亮提瓦燈，將它放在幼苗的前面。

我緊緊地閉上眼睛，雙手合十，念了一段祈禱文……我聽見恆河湍急的水流聲，山風呼嘯著穿過穆爾瑪納利山谷的聲音，並且與我祖先遠古的節奏連結在一起。

光線迅速地消退，在越來越暗的環境中，提瓦燈搖曳的橙色光芒照亮了芒果幼苗。

懷抱著嶄新的自信，我開始誦念我的咒文，要將爸爸從過去幾個月他所身陷的幽暗世界中帶出來。

「爸爸，」我滿懷愛意地低下頭，「這段尋找你的旅程非常的漫長又危機重重……我一路拚搏才來到這裡，翻山越嶺，面臨我根本想像不到的危險，而現在我祈求，如果你能聽見我的聲音，請甦醒過來，這樣我們才能全都一起回家。媽媽自個兒帶著羅漢和露帕，一直在等待著你呢。」

我將頭靠在他的胸口上，聽著他砰砰砰的心跳聲。

「我是來接你的，爸爸。你一定要想起我——這個過程真的好艱難——傑凡在森林裡病得很嚴重，然後我們又一路爬山爬到世界最高的聖殿……我們被幾個男人困在一座垃圾場，他們強制我們工作，直到我們的手指流血。媽媽借了錢，爸爸——而且最後期限就快到了。我們必須在排燈節之前償還債款，否則我們就要永遠失去我們的家園了。」我拿起爸爸的手，將它靠在我的臉頰上，一滴眼淚順著他的手指滾落下來。

「這就是為什麼我需要你想起我。我需要你的幫助。」

晚上就這樣一分一秒、一個小時接著一個小時溜走了，我密切觀察著爸爸，等待著他醒過來。

終於，他的睫毛微微動了動，然後他的眼睛驚恐地彈開，就好像他還在做夢。他的目光越過了我，一言不發。

「爸爸，是我……是愛莎。」我將毛毯抓得更緊了。

我用手掌捧住他的臉，將它轉過來，這樣他就必須看著我了。他的臉上一片空白，但是我瘋狂地想要幫他恢復記憶。我拿下我的吊墜，塞進他的手裡。

「瞧瞧這個，這是娜妮吉的項鍊——她把項鍊送給了媽媽，媽媽又送給了我，因為現在輪到我來配戴了。它幫助我變得堅強……媽媽說我要自己決定該相信什麼。這就是我做的事——我相信我的夢境，而這些夢境幫助我找到了你。」

但是他好像沒有看見吊墜，就這樣讓吊墜從他手裡滑落。

第三十六章

我將吊墜按回他的手掌中，並且握住它讓它留在原位，就好像當彎曲的形狀碰觸到我們的皮膚時，我們就是在共享一個祈禱，共同感覺它的節奏。我鬆開我的手，吊墜好像發散出一道光芒，照亮了他的臉。

我舉起芒果幼苗，用葉子刷過他的鼻子下方。

「爸爸，你看，我從我們家的果園一路帶著這個果核過來的。」

他眨眨眼，皺起眉頭，彷彿這個氣味讓他想起了什麼，但是他又恢復了茫然的表情，還將頭轉向一邊。

「求求你想起我們。」

「護士什麼時候過來？」他不理會我，說道：「她每天都會來的。」

「我們必須回去穆爾瑪納利的家，爸爸。」

「那是哪裡？」他的聲音很平靜、充滿了困惑，「這裡就是我的家。妳是誰？妳為什麼叫我爸爸？」

我知道他不是故意的，但是他的話語比起之前發生過的任何事情，都更加傷人。

我的腦海裡響起他過去對我唱的那首歌，我盡可能輕柔而甜美地唱出來。

「月亮舅舅去了遠方，
他去哪裡了？他去哪裡了？
很遠、很遠的地方。

昌達嗎嗎杜爾克，
昌達嗎嗎杜爾克，
基特克？基特克？
杜爾，杜爾克。」（注38）

這首搖籃曲安撫了他，讓他睡著了，這時外頭的天空已經轉為午夜藍，而我守護著他。但是他突然張開了眼睛，儘管他依然在睡夢中。

「好熱，熱得要命！」他一遍又一遍地叫喊著，他的臉充滿了驚慌，就好像他又重回工廠，一次又一次地看著恐怖的景象。

「我在這兒呢，爸爸。」我試著將他從惡夢中叫醒：「都過去了，你安全了。」

但是這樣做沒有造成絲毫的不同。他將自己鎖在內心世界裡，與我隔絕。我躺到他身邊，淚水從我的眼角滑落，我看著他再次入睡，根本不知道我是誰。

到底什麼才是關鍵？現在什麼都不起作用，我的祈禱不起作用，我攜帶過來、一路悉心培育的芒果幼苗不起作用……全都無效！我把頭擱在毯子上，精力完全耗盡，讓睡意席捲全身。

到了早晨，曙光徐徐移進小房間，當我從精疲力竭的睡夢中緩緩甦醒過來，每個角落都灑滿了柔軟的粉紅色薄霧。

我驚奇地凝視著床邊的幼苗，經過一夜的成長，現在它至少已經跟我手臂一樣高了，還長出幾十片新葉子，並且開了花。它的根已經遍布整個盆子底部，形成細小的螺旋網紋覆蓋在桌面上。房間裡充滿了芒果成熟的甜香味，當我靠近一看，發現一顆橢圓形的小果實隱藏在葉子中，果皮泛黃還帶有紅色條紋。

窗戶上響起敲擊聲，把我嚇了一跳，但我還是跳下床，將窗簾拉到一邊。

「娜妮吉！是妳！妳來看爸爸了……」我將手臂靠著冰冷的窗戶平平地伸展出去，但是她的翅膀實在太長了。我把臉盡量往她臉上靠近，近到我都可以看見她帶著金色斑點的眼睛。

「但是他認不出我，娜妮吉……他就是想不起來。」

她用平滑的灰色鳥喙敲擊了三下。

「我該怎麼辦？」

她拍打著自己的翅膀，以一道優美的弧線飛至樹林上空，然後猛然衝向天際。我看著她，直到她變為一個小點，直到我再也看不見她，但我知道她依然在某個地方，她不會離得太遠的。

「羅、羅漢？」我衝到爸爸的身邊，他抬起手指撫過我的頭，「你在這裡做什麼？」

「不是的，爸爸，」我笑了：「是我，是愛莎。」

他用手捧住我的臉：「愛莎——當然了——我怎麼會將妳認錯呢？」他的聲音很沙啞，極其緩慢地說出每個字眼，「我感覺……非常的累。」

我張開手臂抱住他，「爸爸……我的爸爸，」我一邊哭著，一邊深深地埋進毯子裡，「你已經病了好長一段時間，但是你會好起來的。」古老的律動席捲我的全身，我知道所有的祖先都與我同在。

「為什麼妳要剪掉妳那頭漂亮的頭髮？」

「爸爸，為了找到你，我去了世界最高的聖殿。我剪下我的頭髮當作供品。」

「我一直在做夢，」他繼續說著，語氣依然小心翼翼，「我夢到了一場火災。」

「工廠發生了火災，但是我們都不知道你的來信為什麼中斷了……我一遍又一遍讀著你的最後一封來信。」

他用手臂環抱住我，我蜷曲著身子靠著他——我一直等待的這一刻終於來了。

「我親愛的愛莎。」

「傑凡和我，」我一邊啜泣著，一邊說：「我們一起結伴來找你的。」

他將我拉近，親吻著我的頭頂：「現在不要再流淚了。」

護士推開門，差點兒把早餐的托盤掉到地上。

「妳爸爸跟妳說話啦？」她一邊說，一邊將托盤放到邊桌上。

「我簡直不敢相信，實在太不可思議了。不知道妳昨晚在這裡施展了什麼魔法，」她微笑著，「但絕對是成功了——那棵巨大的芒果盆栽在這裡做什麼？」

「這是不是意味著我們可以回家了？」爸爸問道：「妳媽媽——我美麗的安娜克希

——她還好嗎？還有羅漢和露帕呢？」

護士將他輕輕地推回枕頭上，說道：「先別讓你自己過於興奮了——我還得跟醫生回報一下。」她將幾顆藥丸放進一個藥盒裡，然後連同一杯水遞給了爸爸。

「我們都好想念你啊。爸爸，我們在贊達普爾遇見了幫助我們的人——拉克希蜜和拉傑。」我深深地吸了一口氣，「而、而且，他們還說我們在回家之前，可以先在他們那兒停留個幾天。」我靠在枕頭上，試著喘口氣。

「我想目前這些資訊已經足夠了，」護士邊說邊遞給爸爸一個小型的透明袋子，裡頭有一個髒兮兮的折疊信封，「這個原本是在你的褲子口袋裡的。」

「謝謝妳，護士，」爸爸說：「這是我積攢下來要寄回家的工資。」

我把頭埋進爸爸的肩膀裡。「生活對媽媽來說好艱難，但是她盡力了……」我低聲說著。

「我的……小愛莎。」他撫摸著我的頭髮。

每當我望著他，他都越來越像我原來的爸爸了。我竭盡全力地抱住他。

「我永遠都不會放手讓你離開，」我說：「永遠。」

注38　第二段是此首搖籃曲的印度發音，意思同第一段。其中「嗎嗎」（MAMA）的印度原意是母親的兄弟，故第一段中月亮的稱謂是「舅舅」。

第三十七章

現在正是清晨時分，每天我和爸爸都會在這時刻繞著庇護所的花園進行例行的散步，同一時間，傑凡和其他人正在四處轉來轉去，幫忙把一切維持得整齊清潔。嫩綠色的長尾小鸚鵡在椰子樹間衝來衝去，互相啁啾鳴叫著。

拉傑匆匆地從房子裡出來。

「嗨，錢皮恩先生，瞧瞧你，」他笑著說：「如果你能夠待久一點，我們就幫你報名參加贊達普爾的慈善義跑。」

「真不敢相信在幾天之前，我還待在醫院裡……拉克希蜜用她驚人的米飯和多厚湯把我養胖了。」爸爸開玩笑地說。

「嗯，絕對是功效卓著！」拉傑一邊說，一邊走向他的嘟嘟車，並開始清理車身。

「現在準備休息了嗎，爸爸？」我邊詢問邊鬆開手臂，然後我們一起坐到餐桌旁。

「拉克希蜜送了一些奶茶和吉蕾比亞過來。」阿緹卡說，小心翼翼地捧著一個托盤，上頭放著一個小罐子和漂亮的茶杯。她倒出甜甜的奶茶，端給我們。

我啜了一口，「妳做的奶茶是最棒的，阿緹卡。」

「我只是幫忙收集了一些調味料，謝謝妳，愛莎……」她邊說邊對我微微一笑，讓我回想起家鄉的白色巴庫爾花。她眉開眼笑，跑回去收集雞蛋。

我還沒跟爸爸提到關於米娜和貸款的事——不會在他剛剛甦醒過來的時候——但是我知道我應該要告訴他的。我很怕會讓他擔心，害怕不知怎地就阻礙了他的康復。我的胃部一陣絞痛，很怕他還不夠強壯，但是我抓住桌子，勇敢跨出這一步。

「爸爸，有、有一件很重要的事情必須讓你知道。媽媽……跟人借了點錢……」我脫口而出。

他的臉繃緊，臉色變得蒼白。

「我……當然了。錢應該中斷了，我可憐的安娜克希。」他深深地吸了一口氣，將手放在我的手臂上，而我可以感覺得到他的手在顫抖。

「發生了什麼事？」他問道：「把所有的事情都告訴我。」

「媽媽跟一名叫做米娜的女人借了錢，」我說，這句話梗在我的喉嚨裡，「她一直以為會有錢寄回來讓她還給米娜，但是一直都沒有，最後米娜帶著兩個男人來到農場。他們把家裡的一些東西打爛了，然後把牽引機開走了。她說這只是用來償還利息的錢。」爸爸很安靜，只是撫摸著我的頭髮。這讓我鼓起了勇氣，把其餘的部分說出來：「她說她會在排燈節的夜晚降臨之前來拿回貸款的全部償還金。她想要拿走我們的家，爸爸。」

「沒關係的，愛莎。我們還有我的工資，而且我的戶頭裡還有一些錢——火災的賠償金。」他看著花園對面的大門，緩緩地點頭。

「那麼，最後期限是後天了。而且，那天是妳的生日。」他溫柔地低頭看了我一眼：「我們必須盡快回家。我很抱歉發生了這樣的事情。妳一直都這麼勇敢。」

我感覺到體內升起一股暖意。

「當媽媽把娜妮吉的吊墜送給了我，它將我跟我們的祖先們連繫在一起，而娜妮吉的靈魂為我指引了通往你的道路——我相信她以胡兀鷲的形式一直守護著我們——在這次漫長旅程中的每一步，她都一直跟我們在一起。但是——」我抬頭看著他——「你確定你可以這麼快就出發旅行嗎？」

他用手臂摟住我：「我認為在妳出生那一晚的雷電，讓妳變得非常的與眾不同。不要擔心我，小愛莎，我每天都感覺更加強壯了。」這一次是爸爸握住我的手，我們一起走向陽臺，塔藍正在這兒沿著天花板掛上紙製的裝飾品。

「我們會提早一點過排燈節，」他微笑著說：「給你們一個正式的送別。」

到了晚上，我們坐下來吃告別餐，這是所有的人一起幫忙準備的。桌上鋪著一張嶄新的綠色桌布，中間擺放著芬芳的雞蛋花。正中央是一碗碗熱氣騰騰的金黃色多厚湯，兩邊有兩大盆的米飯——一盆是白飯，一盆是撒著藏紅花的黃色米飯。

我的一邊坐著爸爸，另一邊坐著傑凡。

薩米站在他的椅子上，舉起裝著自製檸檬水的玻璃杯。

「敬愛莎和傑凡，」他說：「敬神奇的靈鳥，敬我們所有人完成了不可思議的逃脫。」所有的人都笑著高聲歡呼，一起加入舉杯。

「迪瓦利穆巴拉克（注39），」拉傑說：「排燈節快樂。」

我笑著加入舉杯，但是我再次想起了最後期限。

注39　迪瓦利穆巴拉克（DIVALI MUBARAK）：排燈節快樂。

第三十八章

我們終於要啟程返家了，到達贊達普爾車站時已經是上午稍晚的時分。我們的旅程在穿過陡峭的山間村莊時，會較為緩慢，但是在夜幕降臨前，我們就能抵達喀拉普爾了。然後明天——也就是排燈節的早上——第一件事就是火速趕往索拿哈爾，然後在天黑之前趕回穆爾瑪納利。

「看看妳！」爸爸說道：「拉克希蜜真的太好心了，為妳的生日做了一件套裝，而且也幫傑凡做了一件襯衫。」

我的藍嘎（注40）長裙沙沙沙地飄過地面，上頭洋紅色的圓形小亮片在光線下閃閃發亮。當我抓著長裙的皺褶時，臉上不禁綻放出猶如新月般的燦爛笑容，感覺自己就像悉多從流放歸來，所欠缺的唯有一把金色的弓。不過即使如此，我的胃裡依然盤繞著一團緊張的結。我們就要回家了，但是我們來得及還錢給米娜嗎？

爸爸坐了下來，而我和傑凡排隊買票。傑凡握著我的手，捏了一下，就好像他通曉我的心意。他穿著新襯衫，看起來非常的帥氣——我知道他媽媽看見他的時候，一定會淚流滿面。我們站在一起，等待輪到我們。

「閉上眼睛，伸出妳的手臂。」傑凡冷不防地將我從白日夢中拉回來。

怎麼一回事？我感覺到他的手指正想把某種軟軟的東西圈在我的手腕上。

「妳現在可以張開眼睛了。」他笑容滿面地說：「我知道現在早了一天，但是因為明天還會發生很多別的事情……生日快樂！」

「哇……是你做的嗎？」我觸摸著橙色和粉紅色交錯而成的編織帶。

「阿緹卡有幫我。」

「實在太漂亮了，這是我最喜歡的顏色。」我在他臉頰上輕輕地吻了一下。

「謝謝你。」我臉紅了：「為了所有的一切。」

他將目光投向地面，點點頭，臉色差點變成跟我的藍嘎一樣的紫色。

我們買了車票，回到爸爸身邊。我把零錢拿給他，然後我們一起朝著火車走去。

一群群的椋鳥停在月臺上方高高的電線上，吱吱喳喳地叫個不停，熙熙攘攘的人群四處閒逛，為了上火車而購買各種零食和香氣四溢的奶茶。

「這將是有史以來最棒的生日！」我緊握爸爸的手說道。

「真希望我能給妳個東西，就算只是個小東西也好。」他說，眼裡滿是失望。

「找到你，就是我收到有史以來最棒的禮物，爸爸！」我挽著他的手臂，將頭靠在他的臂彎上。

拉克希蜜、拉傑、薩米和阿緹卡從人群中冒出來，快步走向我們。

「再來跟你們道別一次！」拉克希蜜笑著給我們一個大大的擁抱，「我們好開心一切都解決了。」

爸爸雙手合十表示感謝：「我永遠都不會忘記你們為愛莎和傑凡……還有為我，所做的一切。」

「再見。」我擁抱了拉克希蜜，然後是拉傑、薩米，最後是阿緹卡。

「妳一定要到穆爾瑪納利來，妳會很喜歡那裡的。」我將她舉高，就像以往對露帕做的那樣，她把腿繞在我的腰上。

「這個主意太好了，」爸爸說：「來山上休個假吧……把所有的孩子都帶來。」

「我們會存錢的。」拉傑說。

傑凡拍拍薩米的背部說：「你一定要來，我答應過要教你開車的，不是嗎？」

「我們最好上車了，」爸爸說：「可不要沒搭上火車，就讓火車跑了……來吧，你們兩個。」

我們三個人手挽著手，沿著月臺一起往前走，但是在我們上車之前，我轉身對我們的朋友揮手做最後的告別。

就跟幾星期之前在索拿哈爾的火車站一樣，炎熱狹窄的通道上擠滿了人，大家推推搡搡，想要擠進自己的座位。我們停下來，向一位包著天藍色纏頭巾的警衛出示了我們的車票。

「跟家人回家過排燈節嗎？」他一邊問，一邊滑開一道木頭車廂門，讓我們進去。

「是的，」爸爸回答，將我們拉近。

「祝你們旅途愉快，亞爾（注41）。」

「我們會的。」爸爸微笑著說。

贊達普爾最後的邊緣地帶，從窗外快速掠過。矮小脆弱、有著波紋狀鐵皮屋頂的房子一間間靠在一起，而成群的玻璃塔樓反射了白霧茫茫的天空，穿戴著五顏六色紗麗的婦人頭上頂著磚塊（注42）。我想到阿緹卡、薩米和其他人，希望他們未來有一天真的能來看我們。

傑凡坐在靠窗的座位，倚著角落睡著了。我脫下有淡紫色飾邊的春呢，摺疊起來，塞到他的頭下。

鐵製車輪嘎吱嘎吱的聲響讓人無法保持清醒，我感覺到自己的眼皮跟隨著火車的節奏閉起來了。

我夢見所有去過的地方，以及所有遇見過的人。有老虎、野狼和高聳的群山，有善心的牧羊人、莊嚴的朝聖者和狡詐的垃圾場主人，有我神祕的娜妮吉和發芽的芒果，所有的夢境都糾纏在一起。

我不時模模糊糊地聽見車廂門滑開又關上的聲音，我依然擔憂著是否可以及時趕回家，但是此時此刻，我完全無能為力。售票機驟然響起的敲擊聲，曾讓我驚醒過一次，但是我睡了一場打從離家之後最深沉的一覺。

火車開始搖晃，速度變慢，火車輪抵著金屬鐵軌發出尖銳刺耳的聲音。我慢慢地張開眼睛，看見爸爸已經醒了，傑凡也醒了。

火車緩緩進入索拿哈爾車站，然後靜止下來，停在一個繁忙的月臺邊，上頭擠滿了找尋家人的人群。

「快點！」爸爸說：「我們到了。」

我們收拾好行李，爸爸用手臂摟住我們，帶著我們匆匆忙忙地離開車廂。

「過了這麼久之後再回到這裡，感覺有點奇怪，不是嗎？」傑凡說。

「我知道……」我一邊說，一邊從擁擠的火車裡擠出來。

爸爸在前面帶路，我們離開火車站，經過一排往空中冒著黑煙的黃色計程車。一陣涼風搖晃著我在整整六個星期前，為了躲避交通而曾駐足過的印度苦楝樹，而現在它的早秋樹葉在空中盤旋著，飄落到地面上，加入一堆堆凌亂的落葉中。

爸爸帶著我們走向一輛亮橙色的嘟嘟車。我們爬了進去，不知不覺間，我們已經快速穿越街道，將這個城鎮拋在身後，沿著漫長筆直的道路前往穆爾瑪納利。我還記得在之前我是如何躲藏在貨車中，走過這段相同的旅程。我現在不用躲藏了，任誰看見我也不重要了——我和我的爸爸在一起。我迫不及待想要擁抱羅漢和露帕，而且我根本就坐不住，我太興奮可以看見媽媽了，只是每當我一想到她，我的胃部就開始翻騰。

注40 藍嘎（LENGHA）：漂亮的長裙，通常只在特殊的場合穿著。

注41 亞爾（YAAR）：對男士的友善稱呼，相當於「老兄」。

注42 印度近年的基礎建設帶動製磚業，數千萬的搬磚工人應運而生。其中有數量龐大的婦人擔任運磚勞工，因而婦人頭頂數塊磚頭行走的勞動畫面，在國際間引起人權團體的關注。

第三十九章

嘟嘟車拐過一個轉角，在通往穆爾瑪納利的泥巴道路上顛顛簸簸地前行。

「我沒辦法載你們直接進村子裡，路況太差了，」司機為了蓋過引擎的噪音，大聲喊著：「最後這段路，你們得自己走了。」

「我們就快到了。」我跟傑凡說，抬頭看著天空——太陽快要下山了，我們可能剛好及時抵達。

傑凡的眉頭又皺了起來，他咬著自己的嘴脣。

「別擔心，傑凡，不會有事的。」

「我只是在想我媽媽會說什麼……或者做什麼。她可能會揍我一頓。」

「她可能會……但是之後她就會擁抱你！我對我媽也是一樣的想法。」

爸爸付錢給司機，我們從嘟嘟車上下來。然後，突然間，它就在那裡了！

當美麗山脈出現在我眼前，被落日的紅色餘暉照亮，我的胃裡像是有無數的蝴蝶在翻著觔斗。

傑凡看起來很嚴肅。

「不要擔心你的父母，」我一邊說，一邊靠近他，「爸爸會解釋的。」

「我們離開了這麼長一段時間。」

「他們會非常高興你回來了……只要他們一看見你，他們就會忘記這一切。」我扭著傑凡送給我的生日禮物手環，「無論如何，今天是排燈節，沒有人會在今天生氣的。」

我們繼續朝著山走去，經過一個用英文和旁遮普語書寫的手製大招牌。

騎乘大象

哈地丘泰（注43）

一陣響亮的動物吼聲，在我們前方搖擺的竹林間迴盪著，我們趕上了正牽著他的大象要進村子的瑪浩（注44），他驚訝轉過身來。

「帕拉斯？」他在微暗的光線下眨著眼睛，「安娜克希說她收到你的電報了——很高興看到你回來了。」

「納瑪斯帖。」爸爸回答。

「愛莎還有傑凡是跟你一起的嗎？村子裡的每個人都在談論他們的旅程。」

「是的，」爸爸驕傲地說：「他們來找我了……想想看，這兩個特別的孩子，自個兒走了多遠的路。」

我們肩並著肩，沿著乾燥的小路，走向家裡。

「傑凡的媽媽把他們寄來的明信片拿給每個人看，」瑪浩一邊說，一邊將大象的繩子拉緊一點，「所以他們真的把你帶回來了。」

他微笑著，看著傑凡和我：「要不要騎騎看我這頭最棒的大象？莫娜已經為排燈節慶祝活動做好了準備。」

「你真的太好心了，」我說：「但是我們現在真的很趕，用跑步的會比較快。」

爸爸看著夕陽笑了：「我想我們還有時間，如果你真的願意提供這項優待，我想，這兩個孩子值得英雄式的返家。」

我滿懷渴望地看著莫娜，牠的身上披掛著一條閃閃發亮的金色毯子，眼睛周圍塗抹著紅色和白色的圓點，就像新娘子一樣。牠高高地聳立在我上方，就像一把寬敞的木頭椅子，大到足以把我們所有的人都揹到牠背上。

「我們可以嗎，爸爸？」

「你真的確定嗎？」他問瑪浩。

「當然啦，」他說：「你們可以全都爬上去。這就像個正式的排燈節慶祝活動，坐著大象返家。」

「就像羅摩與悉多！」我對傑凡說，拉扯著他的袖子。

「對呀，」他害羞地回答：「我們會像羅摩與悉多一樣。」

瑪浩輕柔地呼喚大象：「往下，莫娜，」於是她蹲伏下來，彎著膝好讓我們爬上去。爸爸第一個爬上去，他舉起腳踩上緊靠在大象灰色皺褶皮膚上的腳蹬，將他自己拉上編織得非常靈巧的韁繩上，讓自己在座位上穩妥地坐好了，再對傑凡伸出手，而我驕傲地看著他將他帶上去。

「嗨，愛莎，」傑凡喊著，興奮在他的眼睛裡狂舞，「我可以從這裡看見所有的東西。」

我也好渴望上去啊，我往傑凡伸出手臂，將手滑進他的手裡。他將我拽上去……是我變輕了或者是他變強壯了？

大象毯子上的金色織線，在夕陽的映照下閃閃發亮。我將我的藍嘎裙上的絲綢摺紋重新整理了一下，好讓它不會起皺，感覺就像戰士女王凱旋回到她的王國一樣。

大象猛地一抬，站起身來，當瑪浩走在前頭，引領我們踏上漫長冒險的最後一段路程，我可以感覺得到大象在我身下的力量。

「我敢打賭，妳一定從未想過會騎著一頭大象回家，」傑凡說道。他發出尖細的聲音，以一種我從未聽過的逗趣方式結束尾音。

他看起來比我們剛開始旅程時成熟一些，而且還有點不一樣了。而且我剛剛才注意到，在他的嘴唇上方有一道淡淡的鬍鬚陰影。這讓我很想拿手指在上頭摸一摸，檢查看看是不是我的想像。我很想咯咯笑，但是我也不確知是為了什麼。

我們爬上一座小山，當我們從山坡另一側往下走，我終於看見我們的村莊了。我的春呢在我的身後撲騰著，猶如胡兀鷲的翅膀，而也就在這時，我看見我的娜妮吉在我們的頭頂上盤旋。我以最大的弧度對她狂揮手。我的吊墜晃動了起來，她俯衝而下，當我們漸漸靠近村莊時跟隨在我們後面，呼喚著我們。

「爸爸，你看！」

「愛莎，那是妳的娜妮吉，她正在引導我們回家。」傑凡說。

我握緊了他的手，而她飛了過來，用她那猶如天鵝絨般柔軟的翅膀尖端，拂過我們的頭頂。我抬頭凝視，看著她帶起強勁的呼嘯聲，翱翔到深沉的粉紅色天際。

「謝謝妳，娜妮吉。」

當我們繼續進入村莊，我低頭看著許久未見的房舍，聚攏在一起，相依為伴。而在較高處的牧場，有小小的黑點在山上緩緩移動。那是我們的牛！

在田野上的人們停下手中的工作，抬起頭看著我們的方向，空中一再響起，說著我們名字的聲音。

爸爸已經有九個月沒有見過這個景象了——天空是深紅色的，隨著一小群的朱雀掠過天際而漸漸轉為較深沉的紫色，那些形狀看起來就像很多顆心在移動。

雲朵在微風中變換著，呈現出各種不同的形狀。我看見濕婆神、騎著老虎的戰士女神杜爾迦、山中的聖殿以及從岩石間流淌出來的神聖恆河，這些形狀照亮了整個天空，猶如故事一般。

爸爸和傑凡也都凝視著天空，但也許我是唯一能看出這些影像的人。沒有關係的，我已經學會了要信任自己。

莫娜抬起牠的鼻子，吹出一記預告的吼聲。當牠安靜下來繼續前行，有另一種聲音逐漸飄向我們，那是提高音量的憤怒的說話聲，一開始還很模糊，但是後來就越來越大聲。

然後我就看見米娜的紅色轎車停在我們的門外，我把轠繩握得更緊。我看見媽媽被那夥壞蛋圍在中間，而羅漢和露帕並不在那裡。為什麼我沒看見他們？

「爸爸，米娜跟她的那群惡棍已經到了，」我喊著：「我們要趕緊過去。可以請你讓大象停下來嗎？」我問瑪浩，我現在已經慌了。

「停下來，」爸爸說：「快點。」

一群村民圍住了大象，大聲喊叫，往後指著我們家的方向。

「喂，」我用我最大的音量喊著：「我們回來了，我爸爸就在這裡。」

米娜盯著我們。她的那群惡棍站在原地，張大了嘴巴，好像見了鬼似的。

大象停下腳步，跪了下來，我往下滑，衝向群眾，爸爸和傑凡緊跟在後。這時我看見羅漢和露帕都很安全，他們和傑凡的父母站在一起。

米娜穿著她嶄新的西方服飾、戴著墨鏡走向我們，對著我們冷笑。她的手下舉起手中沉重的木棍，靠過去保護她。

媽媽面無血色，她掙扎著擺脫他們，跑向爸爸，爸爸將她拉到身邊。

「停下來，」當那些男人想要往前撲過來時，他說道：「妳和妳的人都沒有必要再過來了。」他往口袋裡一掏，拿出賠償金和他的工資，在空中揮舞著。

米娜看起來是既震驚又厭惡：「你確定你帶足了全額債款？」她一邊說，一邊對手下點頭示意過去拿錢。

「等一下……」爸爸說，並且要求要先看過借貸的完整資料。

他仔細讀過之後，慢慢地數出鈔票說：「這也包含了利息——明天我會去索拿哈爾取回牽引機。妳應該對自己感到羞愧。」

米娜聳聳肩，彈掉袖子上想像的汙垢，輕蔑地說：「我在你的家人需要的時候給了他們錢——但是它從來就不是禮物。」

「從我們的村莊滾出去！」爸爸繼續說道，他怒氣騰騰。

米娜對那些手下比了個手勢，他們衝過去幫她打開車門。她滑進去，黑漆漆的窗戶無聲地升了起來。他們離開了村莊，車後揚起一陣灰塵和砂石。

注43　哈地丘泰（HATHI CHOOTAY）：旁遮普語，騎乘大象之意。

注44　瑪浩（MAHOUT）：馴象師，照顧大象的人。

第四十章

當車子消失在地平線上，開啟排燈節的煙火在黃昏中閃爍迸放。

「已經開始放煙火了！」傑凡叫喊著：「謝天謝地，總算趕走那些惡劣的垃圾了。」

傑凡的父母跑向我們，用手臂擁抱住傑凡。

「媽，」我大叫著，將自己整個投向她的身上，「媽，我們到家了。」

她握住我的手，將我拉開以便看得更清楚些。

「愛莎！永遠都不可以再這樣子離開！」她大聲吼著，但是緊接著又把我拉向她，「我擔心得要命。我都不知道是否還能再見到妳——妳把妳的頭髮怎麼啦？」

「不要生氣，媽，」我說：「我帶爸爸回家了。」

「喔，愛莎。」媽媽的眼淚落在我的頭上，「愛莎……妳終於回家了。」

她用她那件繡著孔雀、非常別緻的藍色紗麗包裹著我。

爸爸站在我的正後方，他將手臂張得大大的將我們通通抱住。

「我真希望可以永遠待在家裡，」他說。但是當我想起爸爸用盡了他所有的錢來償還貸款，我那一點點的幸福感就粉碎了。

「你必須再回到贊達普爾嗎？」我對著他低聲問道。

「我們現在先不考慮這個問題。」他回答。

羅漢和露帕抱住了我的腰。

「我們好想妳啊！」他們兩人說道。

「我們都不知道妳會不會回來……」羅漢說。

「妳的頭髮不見了！」露帕說。

媽媽把圈在手臂上的金盞花戴在爸爸的頭上，她的臉埋進他的肩膀，而爸爸將她抱得更緊。

「愛莎，發生了什麼事？妳是怎麼找到他的？妳的電報說得太少了。」

傑凡和我互相看了一眼，然後開始說我們的故事。

我們的聲音猶如焚香的煙霧飄向夜空。牛群的哞哞叫聲加入了我們的故事，還有恆河的奔騰水流、朱雀的甜美鳴叫、我的吊墜的律動，以及來自我的娜妮吉和我們家族所有女兒們，跨越時空提振著他們的靈力送來遙遠的呼喚，這些全都進入我們的故事。

這是一首高山之歌，它在我們的山谷間迴響著——化作一道將我們全部凝聚在一起的祝福。家人是全世界最重要的東西，而現在我們又聚在一起了，我不會再讓任何事情將我們分開。

就像所有的排燈節一樣，今晚沒有月亮，通往我們家的小路被閃爍的提瓦燈照亮了，就跟古代文獻中的畫作一樣。

夜色轉涼，我們往裡頭走，但是我透過後門注意到某樣東西。

「媽媽、爸爸、你們看！」那口井被照亮了，亮得猶如神龕一般，而我的娜妮吉就佇立在搖搖欲墜的井牆邊緣上。我又回到外頭，走向她。

「這裡就是我第一次見到妳的地方，對不對？」我閉上眼睛，而從我的吊墜傳來的律動在我的骨髓中嗡嗡作響，喚醒了我靈魂深處將我的魔法力量催生出來的地方，我往那口井靠得更近。

每個人都聚攏了過來，不可置信又萬分崇敬地凝望著我的靈鳥。媽媽朝她靠得更近一些，伸出一隻顫抖的手。

「我想娜妮吉會喜歡妳摸摸她的。」我說。

「也、也許再稍等一會兒吧……」她說著，將自己的手縮了回來。

「沒關係的，媽。」我把我的藍嘎裙拉起來，將布料塞進腰帶中，站到我的娜妮吉身邊的牆上。她沿著井的邊緣走著，而我確信她是想跟我傳達某件事情。

「我要到下面去。」

媽媽也跳到牆上，抓住我的手臂：「停下來，愛莎！」

娜妮吉往上飛，降落在我的肩膀上，拍打著她的翅膀。

「愛莎知道她在做什麼，」傑凡喊著：「她很了不起的。」

我對他笑了笑。

「我信任我自己，媽——現在妳也得信任我……就像娜妮吉那樣。」

我的娜妮吉從我的肩膀上跳下來，跳向井口，然後凝視著下面，啄著井的內壁。

「我想妳的靈鳥如果辦得到的話，是會想要跟妳一起下去的，」傑凡說：「但是當然啦……」

「她的翅膀伸展開來太寬了，沒辦法通過的。」我們倆人同時笑著說出這句結論。

「別傻了，愛莎，」羅漢說：「妳不能下去那裡，妳會掉到水裡的。」

我捏捏他的手：「沒問題的……我已經習慣了攀爬，而且牆上有踩腳的地方。」

「傑凡說的沒錯，」爸爸一邊說，一邊用手摟住媽媽，「讓她去吧。」

「帕拉斯！」她扭著雙手說：「我們一向都跟他們說要遠離這口井，而現在……喔——我真不敢相信你竟然說她可以進去裡面……你瘋了嗎？」

我的靈鳥開始歇斯底里地拍打著翅膀。

「媽，我要下去了。」

「好吧，我理解了……但我會留在這裡。」她停在緊鄰井口的地方，眼睛睜得大大的，充滿了恐懼。

娜妮吉佇立在她身邊，發出一個咯咯的叫聲。

我緊抓著井的邊緣，降低自己的身子，進入黑漆漆的井內。當我想要找個可以踩腳的地方，卻感覺井的內緣很潮溼和滑溜。

「拿一個提瓦燈把這裡照亮！」我大聲喊著，我強而有力的聲音傳到最上頭。在我的腳的一側有一塊磚頭，我踩上去，努力讓自己保持平衡。

從上頭撒下金黃色的光線，猶如螢火蟲般飛掠而過，照亮了牆上的陰影，然後我發現了某樣東西。就在幾英吋下面的牆面上，有一道寬廣的縫隙，在它正下方有個狹窄的岩架。我小心翼翼地往下降到岩架邊，以便看得更清楚些。我將手伸進縫隙的深處，感覺到有個硬硬的東西。我伸出手指摸索著它光滑的邊緣。

「妳有發現什麼東西嗎？」傑凡大聲喊著。

「有喔！」我回答，抬頭望著他們被閃爍的燈火照亮的臉。當我把那個東西費力地拉出來，我的胃裡就像有蝴蝶在翩翩起舞。

這是一個用沾滿爛泥的布料包裹住的盒子。

「準備好喔，爸爸……它很重喔。」

這個盒子至少跟我的前手臂一樣長，我將它緊緊地壓在我的胸口上，在磚頭上穩住自己，再將它盡量舉到超過我的頭頂，但是爸爸的手依然離我太遠。

「我搆不著它，愛莎，而且這裡沒有足夠的空間可以爬進去。」

「爸爸，它真的很重，」我氣喘吁吁地說著，我的腿在打顫，「我……我恐怕快要撐不住了。」

「我來抓住你的腿，」傑凡的爸爸說：「這樣你可以探得更進去些。」

「會有人受傷的，」媽媽叫喊著：「先讓愛莎出來。」

「在這邊，爸爸。」我盡可能地伸展著身體，用力貼著潮溼的牆壁。

爸爸的手抓住了盒子，然後將它從這口井的深處提了出去。我深深鬆了一口氣。

「趕緊上來，讓我們來看看那是什麼。」傑凡一臉興奮地說著。

我的娜妮吉依然在那裡等著我，她張開翅膀，模樣就像神鳥迦樓羅（注45），引導著我走向她。

「我來了。」我大聲喊著。

「抓緊了！」爸爸一邊說，一邊更往下方探，直到他的手緊緊地抓住我的手。

我的雙腿顫抖著，我努力將自己從陰冷潮溼的黑暗中往外推，進入充滿快樂臉孔的光環中。

每個人都圍著我，看著我撕掉骯髒的外層布料，露出一個用光滑的印度黃檀木製成的盒子。靈鳥豎起她的羽毛，跳躍著靠過來，用她的鳥喙輕敲著盒子華麗的鉤子。

「看她是在怎麼幫我們的！」露帕一邊尖叫著，一邊撫摸她的翅膀。

我掀開蓋子，露出一層層蒙塵的黃金首飾、新娘的頭飾、華麗的手鐲，全都被整整齊齊地排放著，裝滿了整個盒子。

「我真不敢相信……」我喘了一口氣，將它抱在我的胸口上，好讓大家在提瓦燈的映照下都能看見珠寶閃閃發亮的模樣。

我感受到有一股非常強烈的律動將我傳送到另一個世界，我看見了我的娜妮吉美麗的臉龐，還有我的家族裡所有被遺忘的女兒們，正從遙遠的過去呼喚著我，送上她們的祝福。我看見了每件金飾的故事，知道了它是在某個特別的時刻裡被滿懷愛意贈與的，這深深觸動了我的心。

「這些全都是女兒們的金飾……妳找到了！」媽媽非常震驚地喊著。

我的心在胸口撲通撲通地狂跳著。那個故事是真的！

媽媽伸出手，而這次她輕柔地碰觸著我的靈鳥的金色羽毛，「媽——媽？」她低聲說著，一邊擦拭著她的臉頰。

「我們現在買得起一輛新的牽引機，可以讓農場經營下去了，」我說：「而且爸爸不用回去城裡……還有我們再也不必離開這裡前往英國了。」

「妳媽媽可以製作她聞名的芒果酸辣醬（注46），」傑凡說道，他滿腦子裡都在轉著想法，「妳的尼爾叔叔可以幫忙做出口。」

「這個點子太棒了！」我回答。

「也許我們可以為遊客設立山間的旅舍……」他繼續說著，越來越興奮。

「而你可以幫忙進行夜間導覽，解說星座。」我笑著。

每個人都繼續閒聊、討論著新的計畫，歡聲笑語不斷。我走向印度黃檀樹，我的娜妮吉緊跟在後，然後我坐到涼爽潮溼的地面上。我將我的娜妮吉輕柔抱在我的懷裡，而她挪向我，我們的額頭碰在一起。我們保持著這個姿勢，深深地凝視著彼此的眼底，前世在我們前面飛掠而過，被永恆的輪迴力量撫慰了。

在最後一次的擁抱之後，她轉頭面向一張張望著我們的吃驚臉龐，舉起她巨大的翅膀，飛向漆黑如墨的夜空。

「不要走得太遠。」

我現在知道了，只要相信自己，你就可以為你所愛的人做任何事。

我跑向傑凡，把我的手伸進他的手裡。

「永遠的朋友？」他轉過身來面對我說道。

「永遠的朋友。」我說：「無論未來會如何。」

注45　神鳥迦樓羅（GARUD）：佛經中譯為大鵬金翅鳥或金翅鳥，是印度神話中的一種巨鳥，是主管守護的主神毗濕奴的坐騎。

注46　印度甜酸的調味料，由葡萄乾、芒果、糖、檸檬汁或醋製成。

後記

給讀者的一封信

我出生於旁遮普邦北部很靠近喜馬拉雅山的一座農場。我的祖父在我父親年僅十二歲時就去世了，所以我的祖母，也就是我的瑪吉（譯注：旁遮普語的「祖母」），在我大叔公的協助下，挑起了照顧五個孩子和維持一座農場的責任。身為一名女性，這樣的任務充滿了挑戰性和艱難度，特別是因為我的家族在村子裡具有崇高的地位，所以她受到格外密切的關注。

在農場的各種動物之中，我們還養了一隻駱駝，和一隻野猴子歐瑪，牠成為我們家族的一名成員。當夜幕降臨，數百萬顆的星星照亮了夜空，這時我們通常就會在戶外生個火，製作太妃糖爆米花，說說故事。當我第一次重返印度，非常訝異於這座農場被保存得非常完好。它實在太美麗了：你從一樓的陽臺，就可以享有寬闊的視野，看見綠油油的甘蔗田野。當我們要泡杯茶時，猜猜牛奶來自何方？是直接從牛的身上進入杯子的！

我那可愛的叔叔拉斯卡爾是家族中第一個搬到英國的成員，他一安頓下來，就希望所有的兄弟都來加入他的行列。所以就像當時很多家族一樣，在我一歲半的時候，我們也搬到了英國。我的大叔公留了下來，負責看顧農場。

想像一下，要把一切都拋下，前往一個幾乎是半個地球遠的地方，是何種感受！但我們是關係非常親密的家族，而我最早的記憶就是大型聚會，會中我的叔叔們總愛說著農場的趣味故事，以便完整保存農場的所有記憶。其中最受歡迎的故事，就是歐瑪當時非常喜歡帶著我的哥哥出去，來到農場庭院的印度苦楝樹下，在這裡她會將他抱在懷裡，搖著他入睡。

我的瑪吉最愛說的故事，就是我在季風雨驟然傾盆而下之際，站在那座又深又危險的井牆上，痛哭流涕，而她如何飛快地跑去解救我。

在這樣的聚會上，總是充滿了歡笑，而我的媽媽就會去幫每個人烹調非常美味的食物。她的拿手好菜之一，就是五香馬鈴薯帕拉塔，這是一種全麥的薄餅，上面塗滿了奶油，它要放在塔瓦上面烹調，直到膨脹起來，變得酥脆。

我寫《靈鳥的守護：少女愛莎的魔幻之旅》作為我的「創意寫作」碩士論文的一部份，當我在思考這些想法時，我就知道我故事的核心，將會帶著我重返我出生的土地，重回我的瑪吉。

這個故事的種子，始於一個畫面：一名印度農場上的小女孩，正在玩她從井邊收集到的水與泥巴。我沒辦法趕走這個畫面，所以我開始提取自己的記憶，轉化成一個神奇的故事。我問了自己很多「如果——就會怎樣——」這類假設性的問題……

如果我們留在農場上會發生什麼事呢？如果情況變得很艱難，我爸爸不得不去城裡工作會發生什麼事呢？假使我們必須借錢來維持收支平衡，但是卻又無力償還會發生什麼事呢？還有，如果我們的祖先會在精神領域跟我們同在，並且在我們需要的時候及時伸出援手又會發生什麼事呢？

賈斯賓德．比蘭寫於二〇一九年

（全書完）

國家圖書館出版品預行編目資料

靈鳥的守護:少女愛莎的魔幻之旅/賈絲賓德.比蘭著；
鄭榮珍譯.-- 初版.--
臺北市:幼獅文化事業股份有限公司,2024.04
面；公分. --(小說館；41)
譯自：Asha and the spirit bird

ISBN 978-986-449-323-4(平裝)

873.59 113003102

・小說館041・

靈鳥的守護：少女愛莎的魔幻之旅

作　　者＝賈絲賓德・比蘭Jasbinder Bilan
譯　　者＝鄭榮珍
封面繪者＝顏寧儀
出 版 者＝幼獅文化事業股份有限公司
發 行 人＝葛永光
總 經 理＝洪明輝
總 編 輯＝楊惠晴
主　　編＝白宜平
美術編輯＝李祥銘
總 公 司＝(10045)臺北市重慶南路1段66-1號3樓
電　　話＝(02)2311-2832
傳　　真＝(02)2311-5368
郵政劃撥＝00033368

印　刷＝崇寶彩藝印刷股份有限公司
定　價＝400元
港　幣＝130元
初　版＝2024.04
書　號＝987264

幼獅樂讀網
http://www.youth.com.tw
幼獅購物網
http://shopping.youth.com.tw
e-mail:customer@youth.com.tw

行政院新聞局核准登記證局版臺業字第0143號